통역사

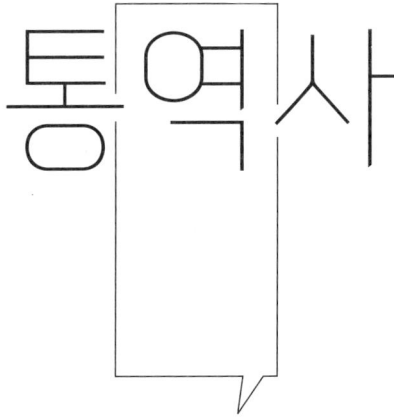

이소영 장편소설

래빗홀
RABBIT HOLE

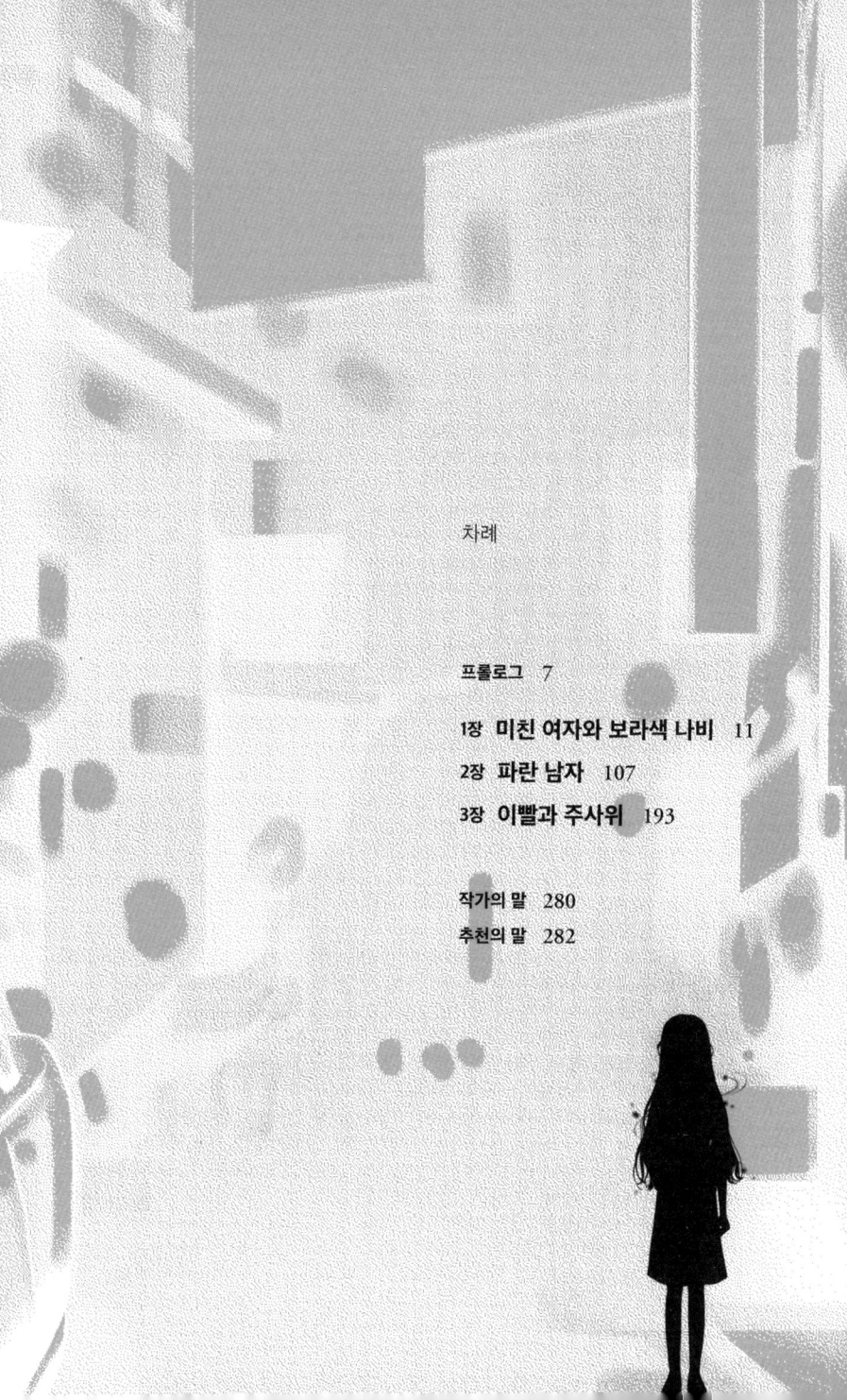

차례

프롤로그 7

1장 미친 여자와 보라색 나비 11
2장 파란 남자 107
3장 이빨과 주사위 193

작가의 말 280
추천의 말 282

일러두기
- 이 책의 일부 표현 및 외래어는 소설 분위기를 고려하여 관용적으로 표현했습니다.
- 이 책은 허구에 기반하고 있으며 실제 인물, 장소, 단체, 사건과 무관합니다.

프롤로그

차미바트가 눈을 떴을 때 모든 건 불타고 있었다. 가물가물한 시선 끝에 피범벅이 된 염소 두 마리가 누워 있었다. 서서히 몸을 일으켜 보니, 염소가 아니라…… 피 칠갑인 남녀의 시체였다. 그녀는 그제야 자신의 오른손에 식칼이 쥐어져 있음을 알아차렸다. 부들부들 떨며 혼란스럽게 주위를 둘러보아도, 도무지 여기가 어딘지 알 수 없었다. 어쩌다 여기에 자신이 와 있는 걸까를 더 곱씹기도 전에 불길이 현관까지 막아섰고, 또렷한 목소리가 들려왔다.

"उत्थापयति."

말하는 존재는 보이지 않았다. 차미바트도 모르는 고대어. 하지만 그녀의 생의 어느 시절엔 그 언어를 알아들을 수가 있었다. 왜 이 목소리가 갑자기 귀에 꽂히는 걸까. 설마…… 그분이 다시 오신 걸까. 그녀는 두려움에 떨며 식칼로 자기

왼팔을 쓱 그어보았지만, 피 한 방울 맺히지 않았다. 웅장한 두려움이 서릴 때 화염이 그녀를 덮쳤고, 겨우 불길을 뚫고 현관문을 향해 뛰쳐나갔다.

밖으로 나가니 어둑한 주택가 골목이었다. 낯선 한국어 간판들. 그녀가 아무리 애를 써서 떠올려봐도 난생처음 와보는 동네였다. 무작정 뛰었다. 멀찍이 소방차 사이렌 소리가 들렸다. 골목을 빠져나오자 지나가는 사람들이 그녀를 수군거리며 쳐다봤다. 그제야 그녀는 자신이 피 묻은 브라와 팬티만 입은 채 맨발로 서 있다는 걸 인지했다. 그녀는 그 시선들을 피하듯 더 미친 듯이 달렸다. 어느덧 눈앞에 파출소가 보였다. 그녀는 안으로 뛰어 들어갔다.

파출소에서는 부소장이 스마트폰으로 아이돌 영상을 보고 있었고, 순경은 길냥이와 손장난을 치며 놀고 있었다. 문을 열고 들어온 그녀의 몰골에 두 사람은 동시에 얼빠진 표정이 되었다. 그녀는 말을 쏟아냈다. 그러자 부소장이 순경에게 물었다.

"저 여자 어느 나라 말을 하는 거지?"

순경이 막막하다는 듯 고개를 저었다.

"모르겠습니다."

"노 코리안?"

부소장이 그녀에게 다가가서 스마트폰의 파파고 앱을 켰다.

"여기다 대고 말씀하세요."

그녀가 흥분하며 말을 이었지만 언어 설정이 잘못돼 있는 탓에 번역이 꼬였다. 부소장이 천천히 하라는 몸짓을 보이며 다시 물었다.

"이봐요. 차분히 말해봐요."

그때 순경의 무전기가 울렸다.

"속옷 차림의 여자, 맨발, 검은 피부, 중동인지 동남아 쪽인지 확실치 않다. 아…… 그렇군요."

표정을 굳힌 순경이 서서히 무전기를 떨구고는 부소장을 바라보았다.

"이거 번역기 돌릴 일이 아닌데요. 살인 사건입니다."

와인 코너의 월요일 낮은 한산했다. 보라색 쇼트커트를 한 도화가 시음 잔을 건넸지만 손님들은 그냥 지나쳤다.

"보라색은 좀 그렇죠? 우리 매장 평균 연령층도 높고."

어디선가 나타난 매니저가 복장 검사 칸에 장도화를 '매우 나쁨'으로 표시했다. 도화가 머리를 긁적였다.

"전 밝아 보이고 싶어서……."

"지나치게 밝아."

도화가 한숨을 내쉬며 시음 잔을 입으로 가져가 훅 털어 마셨다. 그러자 매니저가 이마의 주름을 일그러뜨렸다.

"마셔도 돼?"

그 질문에 도화가 의아해하며 보자, 매니저가 자기가 말실수를 했구나, 싶게 입을 가렸다.

"누가 나 병났다고 그랬어요?"

"아냐, 아냐."

매니저가 과장되게 손사래 치며 휙 다음 코너로 가버렸다. 도화는 씁쓸하게 시음 잔을 훅 한 잔 더 들이켰다.

약간의 취기를 느끼며 도화는 직원 탈의실에 들어가 로커 문을 열었다. 안쪽 문에는 히말라야 사진이 붙어 있었고 남색 정장과 흰 블라우스가 옷걸이에 정갈히 걸려 있었다. 언젠가 '통역사님 정장이 너무 타이트한 거 아닌가요?' 이런 말로 법원에서 제재받았던 정장이다. 하지만 도화는 이 핏이 마음에 들었고 그 후로는 정장을 바꾸지 않았다. 도화가 압박 스타킹을 벗으며 주위를 둘러보았다. 탈의실의 모두가 대형마트 매장 관리 직원이라는 마크를 단 것처럼 다리가 통통 부어 있었다.

"나 병났다고 누가 그랬어요?"

도화의 무심한 투에 여자들 사이에서 곤란한 정적이 흘렀다. 구석에서 옷을 갈아입던 수희가 나섰다.

"넌 좀 쉬어."

도화는 수희에게만 수술 이야기를 했었다.

"강수희 언니야. 너 서운하다."

"건강 챙기라는 거지."

"와인 코너 노린 거야? 여기가 동물의 왕국이냐? 영역 싸

움하게?"

"넌 투잡이잖아. 법정 통역사 시급이 훨씬 세지 않아? 네 달란트에 집중해. 괜히 급할 때 법원 간다고 티 내지 말고."

"그걸로 생활이 되면 그것만 하겠지. 여기서 몸빵이라도 해서 보태야 하니까 그러지."

"하…… 몸빵이라고?"

냉랭하게 몰려오는 무언의 불쾌감이 공간을 채웠다.

"넌 이 일이 우습지? 그런데 네가 법원 드나든다고 변호사니? 검사냐?"

도화가 묵직한 쇼핑백을 꺼내고 로커 문을 쾅 닫으며 말했다.

"나? 나 법원 알반데?"

그러곤 그대로 돌아서 나가버렸다.

도화는 그길로 주민센터로 가 대기표를 뽑았다. 지긋지긋하게 기다린다 싶을 때 순번이 돌아왔다. 투명 아크릴판 앞에 앉은 도화가 쇼핑백 속에 있는 서류 더미를 턱 꺼내어 구멍으로 밀어 넣었다. 사회보장급여 신청서, 진단서, 소득 증빙 등의 목록이었다. 온라인에서 신청했으나 세 번이나 탈락되었다. 공무원은 서류 속 주민등록번호를 컴퓨터에 입력해서 보곤, 기계적인 밝은 투로 응대했다.

"월 소득이 83만 원 이상이세요. 저소득층 생계급여 수급 자격에 해당이 안 되십니다."

"의료 급여 쪽으로 신청했어요."

"예, 그쪽도 결과는 같아요."

공무원은 신분증과 함께 서류를 도화 쪽으로 밀었다. 이 서류가 통과돼야 약값의 본인부담금이 줄어든다. 지금 도화에겐 절박한 문제였다.

"건보료로 해결되는 게 아니라니까요. 저 이거 꼭 해야 해요."

"정기적으로 소득이 잡히십니다."

그 말이 도화를 더 짓눌렀다. 도화가 서류를 툭툭 치며 물었다.

"돈 안 벌면, 약값을 어떻게 내요? 이거 보신 거 맞아요?"

공무원이 얼굴을 숨기듯 모니터를 보며 말했다.

"법원 쪽에도 소득이 잡히시네요. 이중으로."

"그건 파트타임이고요."

"1인 가구라 부양가족도 없으시고요."

"아, 진짜 쪽팔리게 제가 꼭 제 입으로 졸라 가난하다고 사정을 해야 해요? 도대체 얼마나 비굴해져야 듣는 척이라도 하나요?"

"아직은 해당 사항이 안 되신다는 거죠."

"아직은? 뭐 더 꼬꾸라져야 해당이 된다는 거예요?"

도화가 그 자리에서 가방 안에 있는 걸 털어내기 시작했다. 부스럭거리는 큰 움직임에 모두의 시선이 도화에게 쏠렸다. 줄 이어폰, 아이폰, 껌, 진통제, 영양제, 꼬깃꼬깃한 네팔어 포켓 사전, 그리고 투박하게 큰 루비가 박힌 반지가 툭 떨어졌다. 인도 뭄바이에서 명품 거리를 걷다가 홀려서 질렀던 미친 짓의 흔적. 도화가 생애 유일하게 가진 명품이었다.

"뭐 하세요? 대기하시는 분들 있어요."

도화가 루비 반지를 치켜 보이며 말했다.

"이거라도 팔아보려고요!"

전당포에 반지를 내밀자, 온몸에 샤넬이 피부처럼 붙은 60대 주인이 꼼꼼히 감정을 했다.

"막 굴렸구먼. 상처가 있네. 더 젬 팰리스? 이런 명품 브랜드가 있나?"

"인도에서 170년 이상 전통을 가진 주얼리 브랜드예요. 우리나라에선 희소해서 더 가치가 있을걸요."

"그냥 당근에 올려."

"안 팔려요."

"인도에선 뭐 대단한 줄 몰라도 한국 소비자한텐 브랜드가 귀에 딱 꽂혀야 팔려."

도화가 애교 섞인 미소를 보였다.

"안 될까요?"

도화가 애쓴다 싶었는지 전당포 주인이 되물었다.

"10만 원? 나도 진짜 많이 쳐준 거야."

반지를 넘겨버릴 것이냐 말 것이냐를 고민하는 사이 매장 텔레비전에서 뉴스가 나왔다. 화면 속에는 화재로 시커멓게 변한 주택가에 쳐진 경찰 통제선 앞으로 기자들이 몰려드는 광경이 보였다. 경찰차가 멈추고 형사와 함께 차미바트가 수갑을 찬 채 내렸다. 주택의 검게 그을린 내부까지 카메라가 따라 들어갔다. 바닥에 하얗게 그려진 시체 윤곽선 위로 마네킹 두 개가 누워 있었다. 차미바트가 모형 식칼을 들어 차례로 팍팍! 마네킹들을 찔렀다. 과격하게 터지는 플래시에도 그녀는 무표정하게 기자들을 바라보았다. 이어, 기자의 음성이 들렸다.

"네팔 여성이 내연남과 그의 동거인을 무참히 살해하는 사건이 발생했습니다. 사건이 일어난 황 모 씨의 자택에서 현장검증이 이뤄졌는데요. 피의자는 지난해 4월부터 황 씨를 만났다고 진술했습니다."

플래시 세례 속에서 차미바트를 향해 기자들이 질문을 퍼부었지만 모두 한국어라 그녀의 귀를 지나치는 듯했다. 어떤 기자가 번역기를 돌리자 짧은 네팔어가 울려 퍼졌다. 그 질문이 들려오는 쪽을 향해 그녀가 대답했다.

"뭐라고 씨불이는 거야?"

전당포 주인의 혼잣말 같은 물음에 도화가 멍하니 대답했다.

"기자가, 아니, 번역기가…… 왜 한국에 오게 됐냐고 물었어요."

"그래서?"

"바다가 보고 싶어서 왔대요. 한국에."

히말라야산맥과 인도와 중국에 둘러싸인 네팔은 바다가 없다. 바다를 보려면 국경을 넘어야만 한다. 네팔 어딘가로 가던 도화의 정신이 전당포 주인의 쌍욕으로 현실로 돌아왔다.

"미친년! 왜 남의 나라 와서 살인하고 지랄이냐고!"

"그러게요."

"그런데 저 말을 알아듣네? 어떻게?"

전당포 주인이 신기하다는 듯 도화를 바라봤다.

"네팔에서 살았어요. 꽤 오래."

"거기서 뭐 해서 먹고살았는데?"

"처음엔 좋은 일 하려고 갔죠. 다음엔……."

잠시 말줄임표가 이어질 때 전당포 주인이 화제를 돌렸다.

"20만 원까지 줄게. 두 배야! 어때?"

"알겠어요."

루비 반지를 넘기자, 도화는 자신이 가지고 있던 청춘의 기억도 싸구려로 팔려나간 것 같았다.

도화는 오피스텔 원룸에 들어서자마자, 암 환자용 정수기 필터를 갈고 약을 삼키기 위해 물을 들이켰다. 암이 초기에 발견돼 수술은 잘됐지만, 후유증이 남았다. 목소리 높낮이를 조절하는 위후두신경이 수술 중 미세하게 손상이 돼 픽픽 쉰 목소리가 나왔다. 신경은 3~6개월 내에 회복된다고 했다. 단, 재발 방지와 기능 유지를 위해 평생 갑상선 호르몬제를 복용해야 했다. 비급여 약은 점점 감당하기 어려워졌다. 네팔에서 긴 세월을 보낸 도화는 모아놓은 돈도 보험도 없었다. 무능과 가난은 전적으로 자신의 탓이었다. 그 시절엔 다시 한국으로 돌아오게 될 줄 모르고 하루하루가 마지막인 것처럼만 살았었다.

막막한 기분에 피곤함을 느끼며 도화는 복층 계단을 올라 매트리스에 몸을 뉘었다. 복층에 오르면 손바닥만 한 하늘이 빼꼼히 보였다. 그래서 블라인드를 창틀 끝까지 올려두었다. 멍하니 그 좁은 하늘을 보고 있을 때, 스마트폰 진동음이 울렸다. 발신자를 보니 앞자리가 '010'으로 시작되는 낯선 번호였다.

"여보세요?"

모르는 남자의 목소리가 스마트폰 너머에서 들렸다.

"안녕하세요. 장도화 통역사님 맞으신가요?"

"예, 맞습니다. 누구시죠?"

"저는 구재만이라고 합니다."

이름 역시 생소했다.

"네, 근데요?"

"제가 통역 하나 맡기고 싶어서 연락드렸습니다."

"무슨 통역이요?"

"법정 통역이죠."

"지금 법원에서 전화주신 건가요?"

도화가 의아하게 묻자, 재만이란 남자는 '개인적으로 연락하는 거다'라고 대답했다. 법정 통역 4년 차. 법정 통역사를 개인이 직접 찾는 일은 도화가 아는 한에선 없었다. 법원은 행정이 고도로 시스템화되어 있다. 그래서 법정 통역사는 법원 등록제로 운영돼 필요시 법원을 통해 건당으로 연락이 왔다. 공판 시작 후 30분에 7만 원. 이후 추가 시간 30분마다 5만 원이 별도 지급된다. 수당이 높아 보이지만 일은 드문드문 있었다. 고정 수입은 기대할 수 없었다. 더욱이 도화가 담당하는 언어는 소수 언어였다.

"왜 개인적으로 연락을 하신 거죠?"

"직접 뵙고 이야기 나눌 수 있을까요?"

"법정 통역을 찾으신다면, 어느 쪽에서 통역을 찾으시는 건가요?"

"저는 변호삽니다."

변호사가 직접 네팔어 통역사를 찾는다? 자기 발로? 굳이? 도화가 했던 법정 통역은 네팔인이 피고인일 경우 대체로 국선 변호사가 자동으로 선임됐다. 그러니 여러모로 도화를 갸우뚱하게 하는 남자였다.

"제 번호는 어떻게 아셨나요?"

"아는 사람의 아는 사람의 아는 사람에게 소개받았습니다."

도화는 이 아리송한 초대에 응답할 이유가 없어 에둘러 말했다.

"메일로 일에 관해 보내주실 수 있을까요?"

"직접 뵙고 이야기 나누고 싶습니다."

"그럼, 싫네요."

"법정 통역 수당만이 아니라, 따로 더 사례할 겁니다. 나쁘지 않을 거예요."

나쁘지 않다는 건, 금액을 말하는 것이었다.

"절 안다는 사람이 누군데요?"

"말씀드렸다시피, 아는 사람의 아는 사람의 아는 사람이라…… 그쪽에서 익명을 부탁하셨습니다."

도화는 저쪽에서 더 자신을 홀리기 전에 대화를 멈춰야

한다고 생각했다.

"저 그만 끊겠습니다."

"장도화 씨가 네팔에서 좋은 일 하신 분이라고 들었습니다."

"좋은 일이요? 그냥 할 일 한 건데요."

"그 일을 후회하시나요?"

저 말투는 도화에 대해 알고 있는 게 확실했다.

"그래요. 뵙죠. 어디가 좋을까요?"

"장소는 통역사님이 정해주세요. 그런데 시간은 내일 오전이면 좋겠습니다. 급하게 통역사님을 찾는 중이라 빨리 뵈어야 해서요."

"알겠습니다."

"양해해주셔서 감사합니다. 그럼, 이 번호로 문자 보내주세요."

"네, 그러죠."

도화는 그렇게 전화를 끊고, '만나겠다'고 선택한 자신의 뇌가 고장 난 것 같다며 뒤늦게 후회했다. 하지만 곧 그것조차 체념했다. 도화의 마음은 이미 오래전에 엉켜버린 실뭉치 같았다. 사실 몇 가닥 더 엉킨다고 달라질 건 없었다.

커다란 소나무들이 둥글게 둘러싼 카페였다. 오전 8시에 문을 여는 데다가 도화의 동네에서 가장 조용하고 집에서도 가까웠다. 도화가 입구에 들어섰을 때, 앉아 있는 사람은 그 남자뿐이었다.

"혹시……."

그가 보라색 쇼트커트에 브라 없이 흰 티와 스키니 진을 입은 도화를 잠시 넋 놓고 보다가 말했다.

"아쿠! 통역사님이시군요."

"네, 접니다."

"앉으시죠. 어떤 거 드실래요? 주문하겠습니다."

"따뜻한 라테로 하겠습니다."

그는 테이블 위에 설치된 키오스크로 주문하고 나서 도화에게 명함을 내밀었다. 얇은 두께에 가벼우면서 금빛이었다. 도화가 쓱 보니, 명함 중앙에 '변호사 구재만'이라고 박혀 있었다. 뒤집어 보아도 변호사 사무실 이름이라든가 번호는 없었다.

"진짜 금입니다."

재만의 말에 도화는 명함을 손가락으로 튕겨봤다. 명함이 부드럽게 살짝 구겨졌다.

"이왕 주실 거면 더 두껍게 주시지……."

도화의 농인지 진담인지 모를 말에 재만은 담담히 입꼬리만 올렸다. 검은 양복을 입은 그는 피부과 관리를 빡빡하게 받은 듯 하얗고 고운 피부에 짧은 머리카락이 칼날처럼 빳

빳하게 서 있었다. 분명 젊어 보이는데 삐질삐질 새어 나오는 능글맞음과 명함의 궁서체는 나이를 짐작하기 어렵게 했다. 청춘에서 느껴지는 특유의 해맑은 기운이 삭제된 남자였다. 그가 왜 변호사 사무실 이름도 없는 금으로 된 명함을 뿌리고 다니는지는 알 수 없지만, 확실히 자신이 있어 보였다.

"법정 통역사를 찾으려고 이렇게 직접 발품을 파시는 이유가 뭘까요?"

"본론을 말할게요. 네팔어가 상당히 까다롭더군요. 법원에 등록된 네팔어 법정 통역사가 전국에 열여섯 명이라고."

"그건 몇 년 기준인가요? 지금도 그래요?"

"챗지피티에 물어봤어요."

"정보 틀린 것도 많던데."

"에이, 농담이고. 법원 행정처에 물어봤죠. 그런데 네팔어를 어떻게 그리 잘하세요?"

"네팔에서 오래 일했어요."

"그래도 모국어가 아니면 금방 잊어버리지 않나요?"

도화는 한국에 돌아와서도 늘 반쯤은 영혼이 네팔에 있는 듯 살고 있었다. 아침마다 세계 라디오 앱으로 네팔 카트만두 라디오 방송을 들으며 향을 피우고, 커피 대신 네팔식 밀크티인 찌아를 마시며 제과점에 가는 대신 프라이팬에 난을 한 장 굽는다. 오뚜기카레에 마살라를 두 꼬집 뿌려 먹는다.

1장 미친 여자와 보라색 나비

이런 소소한 일상까지 그에게 말할 필요는 없어 도화는 그냥 가만히 쳐다보기만 했다. 진동벨이 울렸고 재만이 빠릿빠릿하게 일어나 커피 두 잔을 쟁반 위에 가져온 후 말을 이었다.

"언어 쪽으로 재능이 있으신가 봐요. 하여튼, 한국에선 네팔어는 영어나 중국어와는 달리 희귀 언어라. 이런 경우 법정 통역사는 의무감이 있다고 들었어요. 해당 국가가 약소국일 경우 약자의 말을 대변하는 일로 보는 경향도 있다죠? 시민 단체에 연결되는 경우가 허다하고요. 장도화 님은 그냥 평범한 분일까요?"

'그냥 평범한?' 도화는 모호하게 재만을 보았다.

"어떤 평범함을 말씀하시는 거죠?"

"저는 NGO 쪽에 계시지 않는 분을 찾고 있어요. 적어도 지금은."

"그러니까…… 좋은 일 하는 쪽에서 찾는 게 아니다? 적어도 지금은? 그게 평범한 거니까?"

"네, 제 생각은 그래요."

"그게 왜 평범이죠?"

"NGO는 대개 종교 단체 아래 소속돼 있거나 정신적 멘토를 두고 있지 않나요? 그래서 그 정신적인 걸 물성으로 만들어내잖아요. 저는 영적인 사람이 제일 물질적이라고 생각해요. 생각이 물질이거든요. 그래서 그런 사람이 평범한 건 아니라고 생각합니다."

자신만의 직감으로 논리를 펼치며 끝까지 밀어붙이는 특유의 기세가 있는 걸 보니 도화는 그가 변호사가 맞겠다고 느끼고 있었다. 재만이 이어 물었다.

"예전에 NGO 일 하셨죠?"

"네."

"다시 일할 생각은 없으세요?"

도화가 손사래를 쳤다.

"에이, 누가 절 써주겠어요."

도화는 한때 상상을 초월하는 재난과 가난이 도사리는 현장에 있었다. 주로 네팔에서 거리의 아이들을 돌보는 일을 했다. 돌아보면, 시작은 한국에서 도망친 것이었다. 고등학교 졸업 후 대학 입시는 포기했다. 책상 앞은 딱 질색이라 공부만큼은 하고 싶지 않았다. 막연하게 삶과 죽음이 혼재하는 곳으로 가고 싶었다. 한국은 흐물흐물하게 시든 채소처럼 지루했다. 위험하고 박봉이지만, 굿월드 네팔 지부에 지원했다. 젊음이 큰 이력이 되었다. 도화는 인턴 자격을 얻어 자비로 비행기 표를 사서 떠났다. 동기가 뭐든 현장에서 최선을 다했다. 조직의 일원이 되었고 헌신했다. 그렇게 청춘은 가버렸고, 얻은 건 개인 파산과 병의 후유증뿐. 이젠 완전히 그 세계와 결별했다.

"변호사님, 이젠 그냥 본론만 말씀하시죠."
"허위 통역을 부탁드립니다."
여름의 잎사귀들이 더운 바람에 부딪치는 소리가 도화의 머릿속을 채웠다. 도화는 미동 없이 대꾸했다.
"법정 허위 통역이 발각되면, 최하 징역 5년입니다. 교사한 자도 마찬가지고요."
"교사한 자라면, 저 말인가요?"
"그렇겠죠. 지금 제안을 주셨으니까요. 그게 교사죠."
도화가 라테 한 모금을 홀짝이며 또박또박 말해줬지만, 재만은 흔들림이 없었다.
"알겠고. 다시 하던 말을 계속하자면, 대략 스무 마디만 허위 통역 해주시면 됩니다."
도화는 명함을 돌려주며 반쯤 일어섰다.
"그만하시죠. 전 갑니다."
"한 마디에 500만 원 정도 쳐드릴게요."
도화의 의지와는 다르게 엉덩이가 의자에 다시 붙어버렸다. 스무 마디면, 1억이다.
"사실 다 끝난 게임이에요. 제가 변호하는 사람이 발언권을 가지면…… 그러니까, 그걸 그대로 통역하면 안 될 뿐입니다."
"변호사는 피고인을 변호하는 거 아닌가요?"

"변호사는 의뢰인의 돈이 어디에서 나오느냐에 따라 변호하죠."

도화는 이주민 단체 쪽 변호사들을 많이 만나봤다. 대체로 그들은 재만 같은 타입은 아니었다. 그는 자신의 솔직함을 강점으로 생각하는 듯했다. 하지만 솔직함이 늘 옳은 건 아니라는 걸 도화는 이미 알고 있었다. 그건 자기 자신을 통해 배웠다. 솔직한 사람은 솔직한 자신에게 속는다.

"그대로 통역하면 안 되는 이유가 뭔가요?"

"피고인의 정신병이 더 명백히 드러날 겁니다."

"정신병?"

"피고인은 심각한 분열증이 있습니다. 조현병이 분명합니다."

"병명을 진단받았나요?"

"아닙니다. 하지만 분명히 맞습니다. 마땅히 법정 최고형이 나와야 할 사건이 정신병으로 감형된다면, 억울한 사람이 있겠죠?"

재만이 넥타이를 바로 정돈하며 당당히 이어 말했다.

"제가 그 억울한 사람을 대변하는 겁니다."

그 방법이 허위 통역이라니. 혼란스러운 도화의 표정을 보며 재만은 몰아쳤다.

"증거, 현장 검증, 자백 다 했습니다. 그런데 피고인이 이제 와서 말을 오락가락하는 겁니다. 그렇게 법정에서 조현병이

티가 날 경우 재판에 혼선을 줄 거고 심신 미약으로 형량이 줄게 될 겁니다."

"그래서 제가 그 통역할 사람의 증언을 정상처럼 보이게 통역하라는 건가요? 미친 사람 티 안 나게?"

"대략, 그렇습니다."

"피고인이 한국말을 전혀 못하나요?"

"한마디나 하나? 전혀 못 알아듣습니다."

"그럼, 자기 말이 허위 통역 되고 있다는 걸 전혀 모르겠네요?"

"네, 하지만 살인자의 말을 들은 그대로 전할 가치가 있을까요?"

그제야 도화는 재만이 제안할 사건이 '살인 사건'이라는 걸 알았다.

"어떤 사건인가요? 몇 명이나 죽였나요?"

도화가 묻자, 재만이 그 사건만 떠올리면 치가 떨린다는 듯 팔짱을 끼고 혀를 찼다.

"네팔인이 주류 언론까지 나서서 다룰 정도의 일을 저지른 거죠. 조그만 네팔 여자 하나가 대한민국을 들었다 놨다 했어요. 적어도 이틀 정돈. 그 사건이 일파만파였으니…… 차미바트 사건입니다."

도화는 뉴스 화면이 떠올랐다. 왜 한국에 왔냐는 기자의 질문에, 바다에 가고 싶어서 왔다고 대답했던 그 여자.

경찰은 차미바트 사건의 비윤리적 잔혹성을 이유로 용의자의 사진과 실명을 공개했다. 이 사건이 보도되자 네팔인을 상대로 한 혐오 분위기가 생겼다. 법의 사각지대에 있던 네팔인들은 욕설의 대상이 되었다. 네팔인은 받지 않겠다는 고용주도 나타났다. 한국에 거주하는 네팔인들 사이에서 이 사건은 빨리 사라지길 바라는, 원치 않은 공업(共業)이 되었다. 도화의 SNS는 한국에 있는 네팔노동자협회 등과 연결돼 있었고 개인적인 소식통도 있었다. 한국에서 일어난 네팔인이 연루된 사건을 대부분 알 수 있었지만 이 사건은 네팔인들도 숨죽이고 있었다.

"두 사람을 칼로 난도질했습니다. 지독한 미친년이죠. 자기가 사람 죽여놓고 파란 남자가 죽였다는 헛소리를 하고 있어요. 남의 나라에서 그런 짓을 저지르면 안 되는 거 아닙니까. 그건 인간도 아니죠. 그런 인간 저도 변호하고 싶지 않고요."

긴 정적이 흐르다 도화의 입이 열렸다.

"할게요."

"정의 실현에 승낙해주셔서 감사합니다. 혹시 1억을 코인으로 받는 건 어떠세요?"

"코인 안 해요."

"비트인데도?"

"안 합니다."

"아쉽네요. 더 챙겨드리고 싶어서 말씀드린 건데…… 알겠습니다. 재판 전에 현금으로 반 드리고 재판 끝나면 나머지 반 드리겠습니다. 법원 여자 화장실 청소 칸을 보시면 됩니다. 공판 15분 전에요. 쉽죠?"

"재판은 언젠가요?"

"저희도 통역사님 모시는 데 시간을 제법 쓰는 바람에 벌써 내일입니다."

'저희'라고 했다.

재만이 서류봉투를 스윽 내밀었다. 도화가 열어보니 살짝 잉크가 번진 '허위 통역 할' 문장들이 적혀 있었다. 즉, 1억짜리다.

"수동 타자기로 친 건가요?"

"네, 맞아요."

"수동 타자기를 가지고 계세요?"

"수동 타자기 대여 공간이 있어요."

"그런 곳이 있나요?"

재만은 고개를 끄덕이곤, 재빨리 화제를 원점으로 돌려놨다.

"서비스 좀 부탁드릴게요. 통역이란 게 직역보단 의역이 나을 때가 있잖아요."

"네, 압니다. 무슨 말씀인지. 그런데 재판 전에 피의자는 만

나는 건가요?"

"괜찮으시겠어요?"

이미 접견 신청을 해뒀음에도 재만은 되물었다.

"시간당 얼마짜린데, 일할 거면 제대로 해야죠."

"우리 통역사님 프로 의식도 있고, 믿음이 가네요. 당장 만나러 가보죠."

'우리'라는 단어에 위에서 쓴물이 올라오는 것 같았지만, 도화는 무덤덤한 표정으로 재만을 따라 일어났다.

재만이 카페 앞에서 우버택시를 부르고 나서 도화와 함께 탔다. 창주는 소도시라 교도소와 구치소를 통합 운영했다.

"피고인이 난리가 났대요. 독방 거울에 자기 머리를 계속 찧나 봐요. 응급 상황으로 판단돼 진정제 투여해서 진정시키려고 하다 괜히 인권이니 어쩌니 하면 어쩌냐고. 거긴 통역사가 없어 애먹고 있죠."

"교도소에 거울이 있어요?"

"유리 거울이 아니라 플라스틱 거울이죠."

"제가 피고인한테 뭐라고 하면 될까요?"

"그냥 좀 잘 기다리면 금방 풀려날 거라고 말하면 됩니다. 그런 안정감이 공판에서도 중요할 거라고 봅니다."

"한국 국적을 땄나요?"

"네, 그러니 한국 법으로 죄를 가리는 거죠."

"한국 남성과 결혼해서 취득했겠네요?"

"네, 그렇죠."

도화는 네팔 이주민 여성의 국적 취득 과정을 알고 있기에 의아했다. 한국 남성과 결혼 후 2년이 지나면 국적 취득이 가능하다. 단, 귀화 요건으로 국어 능력과 대한민국 풍습에 대한 기본적 이해를 입증해야 한다. 그래서 사회통합프로그램 종합 평가와 면접 심사를 통해 평가받는다. 그런데 차미바트는 한국어를 전혀 못한다고 했다. 이런 경우라면 국적 취득은 어렵다. 아마도 재만은 이 사실을 전혀 모르는 것 같았다. 사는 데 필수적인 정보가 아닐뿐더러, 관심을 가지고 유심히 보지 않으면 알 수 있는 정보도 아니었다.

도화는 굳이 자신의 의문을 되묻지 않고, '그렇군요'라고 흘려 넘겼다. 재만은 잠깐의 정적도 허용하지 않는 듯 계속 떠들었다.

"차로 모셔야 하는데 제가 운전을 못해요."

"비싼 차 타고 다니실 거 같은데……."

"필요를 못 느껴요. 택시가 있는데, 굳이? 저는 대학 졸업 후엔 늘 택시만 타고 다녔어요."

"사무실은 있으신가요?"

"아뇨. 집도 월세로 사는데요. 주로 호텔 방을 장기 렌트해요. 제가 가진 물건 다 캐리어에 넣으면 7킬로그램쯤 됩니다. 그냥 이 몸뚱이만 떠돌아다녀요."

저것도 미니멀리스트의 일종인지 그냥 허세인지, 도화는 알 수 없었다.

"가볍겠네요."

"통역사님은 나이 짐작이 어렵네요."

"제 나이쯤은 알고 계실 거 같은데……."

"사실 그렇죠. 그럼, 머리가 짧은 건 수술 때문인가요?"

재만은 도화의 목에 45도 각도로 난 3센티미터 수술 자국을 뚫어져라 보고 있었다.

"그래서 제가 돈 궁한 사람이라는 걸…… 변호사님은 알고 계셨군요."

"예, 아무래도 그런 분들이 일을 잘하시니까요. 저는 절박한 사람을 선호합니다. 특히 돈 쪽으로."

"저에 대해서 어떻게 이렇게 잘 아시나요?"

"말씀드렸다시피…… 장도화 통역사님을 잘 아는 사람에게 소개받았으니까요. 전해 듣기로는, 네팔에서 정의로운 쌍년으로 불리셨다고."

"딱 그렇게 말했다는 거죠? 정의로운 쌍년?"

"네, 그래서 느낌이 왔죠. 아…… 정의로운 일 하실 분인가 보다……라고."

1장 미친 여자와 보라색 나비

그렇다면, 그 '아는 사람'의 범주는 상당히 좁혀진다. 네팔에서 도화를 알 뿐 아니라 한 시절을 제대로 겪어봤던 사람이다. 네팔 일을 떠올리는 건 도화에게 불편했다. 그래서 대신 불쌍한 버전으로 자신을 포장해서 말했다.

"변호사님, 대한민국은 말이죠. 뭐든 되는 게 겁나 어려워요. 제가 의료 수급 자격을 얻으려고 했는데, 계속 누락이지 뭐예요. 주민센터에 직접 가서 사정사정해도 점수 몇 점이 부족하대요. 그 공무원이 절 어떻게 봤게요?"

"글쎄요."

"돈 달라는 좀비처럼 보더라고요. 자기 살 뜯어 먹을 것처럼. 큰 수술 받고 그런 눈빛 받아보니까, 세상 이치 좀 알겠더라고요. 더 정의롭게 살았어야 했는데……. 변호사님이야 모르실 거예요. 돈도 많고 잘생기고 직업도 좋고. 비굴해지는 게 뭔지 모르시죠?"

재만은 잠시 창 너머를 보았다. 택시를 탄 이후 유일한 정적이었다.

"아무리 생각해봐도, 전 모르는 거 같아요."

도화가 거리감이 있는 투로 맞장구쳤다.

"좋은 인생 같네요."

"그런데 왜 혼자 사세요? 옆에서 도와주는 가족 없어요?"

"가난한 가족은 재난이에요. 이럴 때일수록 옆에 안 붙어 있는 게 도와주는 거죠."

"그래서 이 헛헛한 지방에 혼자 계시는 거군요."

"변호사님은 서울에서 여기까지 출장 오신 건가요?"

"네."

"지금은 호텔에서 묵으세요?"

"네."

재만은 어떤 대답은 지나치게 단답이었다. 그사이 택시가 회색빛 육중한 콘크리트 건물 앞에 섰다. 도화는 저 안에서 차미바트가 어떤 모습으로 있을지 궁금해졌.

교도소 독방에서 연녹색 수의를 입은 차미바트가 플라스틱 거울에 얼굴을 비췄다. 오목 거울과 볼록 거울이 한꺼번에 섞여 일그러져 보였다. 자신의 이마 중앙이 쭉 찢어져 벌어지는 모습이 보이기 시작했다. 거부하듯 고개를 강하게 휘저어보아도 벌어진 살갗에서 검은 눈동자가 나오고 있었다. 플라스틱 거울에 쾅쾅쾅! 연속으로 이마를 부딪혔다. 그런데도 찢어진 이마에선 피 한 방울 맺히지 않았다. 생리가 멈춘 지도 몇 달이 지났다. 교도관이 들어오며 접견 시간이 왔다고 말했다. 차미바트는 알아듣지 못했고, 교도관은 스마트폰에 구글 번역기를 돌려 말했다. '따라오라'고. 그제야 그녀는 발길을 돌려 교도관을 쫓아 나갔다.

복도를 걷다 끝에 난 철문으로 들어가니, 방탄유리 너머로 도화와 재만이 앉아 있었다. 차미바트가 그 앞에 마주 보고 앉았다.

도화가 실물로 본 그녀는 작고 말랐다. 화면에서보다도 한참 더 어려 보였다. 갓 스물이 넘었을까. 갈색 피부에 풍성한 검은 머리가 어깨까지 닿았고 눈동자가 새까만 밤 같았다. 이마 중앙의 피부가 찢어진 채 벌어져 있었는데 피나 멍은 없었다. 차미바트를 뚫어지게 보는 도화에게 재만이 말했다.

"안면만 터요."

"नमस्ते।" (안녕하세요.)

네팔어가 들려도 차미바트의 눈빛엔 반가움이 아니라 근엄함이 실렸다.

"तपाईंको कपालको रङ धेरै राम्रो देखिन्छ। पुतली पनि बैजनी रङको छ नि।" (머리색이 예뻐요. 나비도 보라색인데.)

갑자기 튀어나온 '나비'라는 단어에 도화는 갸우뚱해하며 화제를 돌렸다.

"म को होला, तपाईंलाई चासो छैन?" (나 누군지 궁금하지 않아요?)

차미바트는 빤히 도화를 볼 뿐이었다.

"म तपाईंको अदालतको दोभासे हुँ।" (당신 법정 통역 할 사람입니다.)

차미바트는 입술을 닫은 채 우아하게 고개인사를 했다. 도화가 이마를 가리키며 말을 이었다.

"तपाईंलाई चोट लागेको हो?" (다쳤어요?)

차미바트가 한국어로 대답했다.

"네."

도화가 재만을 향해 물었다.

"한국어를 하나요?"

"'네, 아니요' 딱 두 가지만 해요. 그리고 '네, 아니요'만 알아듣고요."

도화가 자기 이마를 짚으며 차미바트에게 물었다.

"चरिएको हो?" (찢어졌어요?)

"होइन। खुलेको हो।" (열렸어요.)

차미바트의 대답이 무슨 소린가 싶어 도화는 재만을 보며 물었다.

"전혀 알 수 없는 말을 하고 있어요."

"말씀드렸잖아요. 조현병이라고. 미쳤다고요."

"정신과 약을 먹은 의료 기록은 없고요?"

"없습니다. 한국 국적으로 전환된 지 얼마 되지 않았어요. 뭐, 네팔에서 정신과 기록이 남아 있는지는 모르겠지만…… 한국에는 없습니다."

그때 차미바트가 두 사람의 대화 속으로 쑥 들어와 말을 던졌다.

"औषधि तपाईंले खानुपर्छ नि।" (약은 당신이 먹어야지.)

도화가 멈칫하며 재만에게 되물었다.

"정말 한국말 못하는 거 확실해요?"

"확실합니다. 왜요?"

그녀가 마치 알아듣는 듯 말을 했다는 걸 재만에게 전달하지 않고, 도화는 차미바트 쪽을 보고 물었다.

"कसले औषधि खानुपर्छ भन्नुभएको हो?" (누가 약을 먹어야 한다는 거예요?)

차미바트의 손끝이 도화를 향했다.

"तपाईंले।" (당신이요.)

이어 차미바트가 방탄유리에 검지 끝으로 나비 모양을 그렸다.

"पुतलीमा किरा समातेछ।" (나비에 벌레가 붙었네요.)

그 말은 분명 도화를 향한 것이었다. 차미바트는 계속 말했다.

"बैजनी पुतलीलाई अन्तसम्म पछ्याउनुपर्छ।" (보라색 나비를 끝까지 쫓아가야 해.)

도화의 표정에서 살짝 혼란스러움이 스치는 걸 재만이 보았다.

"뭐라는 겁니까?"

"미친 소리예요. 완전."

"그래도 통역하세요."

"나비에 벌레가 붙었대요. 나비를 끝까지 쫓아가래요."
"무슨 나비요."
"보라색 나비?"
재만이 어이없다는 듯 혀를 찼다.
"제대로 돌았네. 이쯤 하고 가죠."

교도소 밖으로 나왔을 때 재만이 말했다.
"스무 마디가 급하니 대본 외우는 것처럼 자나 깨나 달달 외우시고, 검사 쪽 질문은 빤하니까요. 내일 1시에 법정에서 뵙죠. 아! 근데 실례가 안 된다면 머리 색깔은 바꾸고 오시면 어떨까요? 이런 일에 통역사님이 너무 튀는 건 좀, 그렇죠?"
"그러죠."
"그리고 제가 이 재판 현장 녹화 신청했습니다."
"왜요?"
"혹시라도 이 재판 녹화 까면, 통역사님 허위 통역이 들어 있겠죠?"
"그렇겠네요."
재만은 도화의 대답이 시원시원해서 마음에 들었다. 곧 택시가 그들 앞에 섰다.
"변호사님, 저는 따로 가겠습니다."
"그러시죠."

재만이 공손히 인사하고 택시에 올라탔다. 곧게 서 있던 도화의 다리가 그제야 후들거렸다.

도화가 오피스텔 문을 열고 들어서자마자 복층 계단 아래 붙박이장을 열어젖혔다. 정리되지 않은 잡동사니 중에 스케치북을 꺼냈다. 테이블 위에 스케치북을 펼치자, 크레파스로 그려진 각양각색의 나비 그림이 보였다. 6개월 전 기억이 떠올랐다.

도화는 수술을 마치고 병원의 추천으로 여성 갑상선암 환우들의 정서 안정과 심리 치료를 지원해주는 무료 상담을 받았다. 연계된 센터에 들어가 상담사를 마주했을 때 그는 새 스케치북을 주면서 무엇이든 떠오르는 걸 그려보라고 했다. 도화는 다양한 색만큼 다양한 크기의 나비를 잔뜩 그렸다. 그림을 본 상담사가 물었다.

"그림 그리니까 어때요?"

"우습네요. 초딩도 이거보단 잘 그리겠어요. 내 감정까지 유치하게 느껴져요."

"도화 님은 왜 나비 그림을 그렸나요?"

"엑스레이를 보니 갑상선이 딱 나비 모양이더라고요."

상담사는 나비 날개 속 점박이를 가리키며 물었다.

"여기 붙은 건 뭐죠?"

"벌레예요. 성대 가까이 붙어 있어요."

"왜 거기에 벌레가 붙은 걸까요?"

"생활 습관 같은 걸 물으시나요? 저 술 담배는 이제 안 해요. 예전엔 좀 했지만."

도화는 작은 혹이 악성이라는 걸 알았을 때부터 그걸 '벌레'라고 혼자 부르곤 했다. 그러면 위화감이 덜했다. 그 벌레에 대해 덧붙여 말했다.

"다행히 초기 발견이라 잘 제거됐지만, 늦었으면 목소리를 잃었을 수도 있다고 했어요."

"의사에게 그 말을 들었을 때 어떤 감정이었나요?"

"내가 목소리를 잃을 만했나? 싶었어요."

"왜요?"

도화가 읊조리듯 말했다.

"말하지 말고, 들었어야 했나. 그래서 내 나비에 벌레가 붙은 건가."

지금, 도화는 자신이 그렸던 나비 그림을 보며 혼란스러웠다. 상담 내용은 비밀일뿐더러, 상담사가 차미바트와 서로 알 리는 없다. 만약에라도 기적 같은 확률로 서로 안다 가정해보더라도, 그녀는 한국말을 모른다. 소통이 될 리가 없다. 그렇다면 그냥 우연이라고 퉁쳐야 할까. 누군가는 이런 우연을 두고 심오한 인과를 연결하겠지만, 도화에겐 그런 유의 믿음도 없었다. 아무리 파고들어도 알 수 없어서 스케치북을 치우고 나서, 서류봉투에서 종이를 꺼냈다. 거기에는 검사 측 예상 질문들과 그에 대한 피고인의 답변이 무엇이든 도화가 허위 통역 해야 하는 말들이 적혀 있었다. 도화는 종이를 들어, 입술이 닳도록 외우기 시작했다.

다음 날, 도화는 여벌로 있는 다소 품이 넓은 회색 정장을 입고 화장은 가볍게 커버 위주로 한 후 자두 맛 립밤을 입술에 발라 마무리했다. 그러곤 날진(Nalgene) 물병에 긴 트래킹을 떠나는 사람처럼 물을 한껏 받았다. 이어 붙박이장을 열어 먼지 날리는 연두색 기내용 캐리어를 꺼냈다. 4년 전처럼 튼튼하게 바퀴가 잘 굴렀다. 캐리어를 끌고 도화가 향한 곳은 같은 건물 1층에 있는 블루헤어였다.

도화는 긴 머리를 쇼트커트로 자를 때부터 이곳의 단골이 되었다. 남성 전용이지만 여자 쇼트커트도 잘 잘랐다. 주인장 곽 미용사의 과묵함과 빠른 속도가 도화는 마음에 들었고, 바구니에 늘 똑같이 배치된 무던한 체리 맛 캔디도 좋았다. 곽 미용사는 이 동네 캣 파더였다. 매일 같은 시간에 자전거를 타고 다니며 구석구석 길냥이들을 위한 물과 사료를 배치했다. 그래서 간혹 길냥이를 구조하는 일도 있었는데, 한번은 손님으로 온 도화에게 급하게 임보를 부탁한 적도 있었다. 당시 도화는 흔쾌히 승낙했고 입양할 집사가 나타날 때까지 오피스텔에서 어린 치즈냥이 미미와 함께 지냈었다.

"미미는 잘 지내요?"

도화는 미용 의자에 앉을 때마다 반사적으로 그 치즈냥이의 안부부터 물었다.

"완전 잘 지낸다고 합니다. 아…… 그런데 벌써 더 자르시게요?"

"검은색으로 염색 부탁드려요."

"정장 입고 염색하시는 분은 처음이네요."

"오늘 일이 급해서요."

"염색약 냄새가 바로 빠지진 않을 텐데요."

"괜찮아요. 급히 색깔만 바꾸면 되는 거라……."

"색깔을 바꾸는 날이시군요."

이후 곽 미용사는 늘 그렇듯 아무 말도 없이 손만 바삐 움직였다. 염색은 두 시간 후에 완료되었다. 도화는 체리 맛 캔디 몇 개를 주머니에 챙겨 넣으며 아무 표정 없이 물었다.

"그런데 왜…… 그때 저한테 미미 입양하라고 하지 않으셨어요?"

곽 미용사는 특유의 진중한 침묵을 이어가다가 대답했다.

"선생님은…… 엄청…… 슬퍼 보였어요."

"그런 사람은 집사가 되면 안 되는 건가요?"

"그건 아니겠지만…… 너무 슬픈 사람이 반려동물과 함께 사는 건 적합하지 않은 거 같아요. 아무래도 본인 먼저 돌봐야 하지 않을까요?"

곽 미용사는 다음 말을 찾지 못해 시선이 허공을 맴돌았다.

"고마워요. 다음에 봬요. 미미에게 안부 전해주시고요!"

결제를 마친 도화는 서둘러 주차장으로 내려가 초록색 마티즈에 올라탔다.

법원에 도착해 보안 검색대를 캐리어와 함께 통과한 후 바로 1층 여자 화장실로 들어갔다. 청소 칸을 열고 들어가도 외관상으로는 특별한 점은 없어 보였다. 흐트러지던 도화의 시선이 대걸레가 담긴 바스켓에 멈췄다. 대걸레를 들어 올리자 검은 비닐봉지가 보였다. 열어보니, 5만 원권 뭉치가 두툼하게 들어 있었다. 당장 세어볼 순 없지만, 재만이 말한 '반'이란 걸 알 수 있었다. 보안 검색대를 어떻게 통과했을까. 도화는 이런 궁금증은 접어두고 캐리어에 돈다발을 털어 넣은 뒤 잠갔다. 이어 주머니에서 스마트폰을 꺼내 비행기 모드로 바꾸고 녹음 앱의 버튼을 눌렀다. 도화는 늘 재판 시작에 앞서 자신의 통역 내용을 녹음하곤 했다. 법정 통역 초보 시절부터 해왔던 습관이다. 도화의 네팔어가 유창하긴 해도 법정 용어에 실수가 있어선 안 됐다. 그래서 다시 점검하려고 꼭 녹음을 했다. 하지만 이번엔 기묘하게 우스웠다. 곧 자신이 저지를 '허위 통역'이란 범죄 흔적의 증거를 자발적으로 남기는 것 같아서. 비릿한 웃음이 흐를 때 화장실로 다가오는 발소리가 들렸고, 다급히 청소 칸을 나와 캐리어를 끌고 법정으로 직행했다.

여름에서 가을로 넘어가는데도 법정은 오후의 해가 창 너머로 뜨겁게 들어왔다. 판사석에는 중앙에 재판장을 중심으로 양옆에 판사 둘이 더 앉아 있었고, 그 앞 좌우로 검사석과 피고인석이 보였다. 법정 가운데 기록 업무를 담당하는 두 명의 서기가 앉아 있었고, 피고인석 옆에는 통역사석이 보였다. 도화는 방청객 맨 끝줄에 캐리어를 두고 나서 앞으로 걸어가 통역사석에 앉았다. 피고인석에서 재만이 도화에게 고개인사를 꾸벅 건넸다.

잠시 후, 교도관과 함께 차미바트가 들어와 도화 옆자리에 앉았다. 접견실에서 보던 모습과는 다르게 어깨가 축 처지고 잔뜩 주눅이 들어 보였다. 극단적인 정신 분열이라더니 지난번과 다른 자아를 보는 것 같았다. 곧 재판장이 마이크에 대고 말했다.

"2030고합44 피고인 차미바트 사건 공판 시작하겠습니다."

도화의 긴장된 시선이 분산되었고 재판장은 차미바트를

바라보며 말했다.

"이름을 말씀해주시겠어요?"

재판장이 도화를 보자, 도화는 차미바트에게 그 말을 통역했다. 그녀는 낮은 목소리로 대답했다.

"च्यामी भाट शाकिय हुँ।" (차미바트 샤키야입니다.)

이어 재판장이 진술 거부권을 고지하고 생년월일, 직업, 거주지를 차례로 물으면, 도화는 그녀에게 네팔어로 말했고, 다시 그녀의 대답을 법원 안 모두에게 한국어로 전했다. 그 과정에서 도화는 차미바트가 스물세 살이라는 것, 무직이고 창주 외곽에 산다는 걸 알았다. 재판장이 40대 중반 정도에 왁스를 과하게 발라 올백으로 머리를 넘긴 창백한 검사 강우석을 향해 말했다.

"검찰은 소기의 공소장에 의해서 모두진술 해주세요."

강 검사는 마이크에 대고 리듬 없이 건조하게 읽었다.

"일시 6월 6일 새벽 2시경. 장소 창주시 민읍면 120번지. 피고인 차미바트는 황정수와 전미령을 살해한 혐의를 받고 있습니다. 이 사건은 동물용 마취제를 이용해 마취 후 칼로 상해를 입히는 방식으로 이뤄졌고, 피해자는 출혈성 쇼크로 사망했습니다. 이후 피고인은 방화해 증거 인멸을 시도했습니다. 이 같은 사실은 현장 검증, DNA 일치 증거에 의해 입증되었습니다. 피고인은 고의로 살인을 저질렀다고 판단됩니다."

도화는 차미바트에게 유려한 네팔어로 공소장의 내용을 다르게 통역했다.

"मिति जुन ६ तारिख, बिहान २ बजेतिर, स्थान चाङजु सिटी, मिनि-उप क्षेत्र, घर नं.१२०। तपाईंले अभियोजन पक्ष समक्ष अफ्नो अपराध स्वीकार गर्नुभएको थियो। र प्रहरीले गरेको घटनास्थल परीक्षणमा देख्नुभएको विवरणबारे विस्तृत रुपमा बताउनुभएको थियो। तपाईंको बयान अनुसार, जब तपाईंको होस खुल्यो, एक नीलो पुरुषले हातमा चक्कु बोकी ह्वाङ जङ्सु र चोन मरियोङलाई घोपी रहेको थियो। त्यसपछि तिनीहरु दुवैको हत्या भएको छ।" (일시 6월 6일 새벽 2시경, 장소 창주시 민읍면 120번지. 당신은 검찰에서의 자백과 경찰 현장 검증에서 목격한 바를 상세히 전했습니다. 진술한 바에 따르면 당신이 눈을 떴을 때 파란 남자가 칼을 들고 황정수와 전미령을 찌르고 있었다고 했습니다. 그들은 끝내 살해되었습니다.)

도화의 통역이 끝나자, 재판장이 차미바트를 보며 물었다.

"거기에 대해서 모두 인정하십니까?"

도화가 그 말을 즉시 통역했다.

"उल्लेख गरिएका सबै कुरामा तपाईं सहमत हुनुहुन्छ?" (거기에 대해서 모두 인정하나요?)

차미바트는 대답 없이 고개를 아래로 푹 숙였다. 시작부터 재만의 예상과 달랐다. 여기서 차미바트가 순순히 '네'라고

1장 미친 여자와 보라색 나비   49

해야 했다. 자백을 한 이상, 판사가 피고인에게 발언 기회를 준다거나 검사가 다시 신문하지 않는다. 증거 조사도 안 하고 그대로 끝이다. 하지만 차미바트는 기묘한 고갯짓만 반복했다. 이런 움직임은 재판장에게 죄를 부정하는 것으로 읽혔기에 재판은 계속 진행되어야 했다.

"전부 부인 취지이시죠?"

다음으로 이어진 증거 조사의 동의, 비동의 절차 중에도 차미바트는 같은 반응을 보였고, 재판장이 강 검사를 향해 고개를 돌렸다.

"검사 측 신문하세요."

강 검사가 차미바트에게 냉랭한 목소리로 물었다.

"왜 피고인은 6월 6일 새벽에 황정수 집에 갔나요?"

차미바트는 도화의 통역을 듣고는 기도하듯 두 손을 꽉 모으며 대답했다.

"म आफै त्यो घरभित्र पसेकोथिइनँ। मैले कालो चिया पिएँ र होस गुमाएँ। जब होस खुल्यो, त्यो अपरिचित घरमा थिएँ। तर त्यो ह्वाङ जङ्सुको घर हो भन्ने कुरा मलाई थाहा नै थिएन! होसमा आएर उठ्दा त्यहाँ एक पुरुष र एक महिला मृत अवस्थामा रहेको देखेँ।" (제 발로 그 집에 들어가지 않았어요. 홍차를 한 잔 마시고 의식을 잃었습니다. 눈을 떠보니 낯선 집이었어요. 그게 황정수의 집인지도 몰랐어요! 정신이 들어 일어나 보니 남녀가 죽어 있었어요.)

서서히 격양되어가는 차미바트의 말에도 모두가 도화의 통역에 집중했다.

"네, 그 집에 갔습니다. 그가 아내가 없는 사이에 저와 잠자리를 원한다고 했기 때문입니다."

"황정수가 이별을 원하자 찾아간 거 아닙니까?"

도화는 강 검사의 질문에 재만이 살짝 움찔하는 걸 느꼈다. 이 질문은 허위 통역 스무 마디에 준비돼 있지 않았다. 검사의 질문치곤 지나치게 감성적이었다. 도화는 강 검사의 질문을 그대로 통역했다. 그러자 차미바트는 도무지 이해할 수 없다는 표정을 지었다. 이제까지의 맥락에서 통역이 완전히 이탈된 듯했다.

"म त्यो व्यक्तिसँग कुनै सम्बन्ध छैन। म त उसलाई चिन्दैचिन्न। उसले त नेपाली बोल्नै जान्दैन।" (저는 그 사람과 아무 관계도 아닙니다. 모르는 사람이에요. 그는 네팔어를 하지 못합니다.)

도화는 강 검사를 향해 통역 내용을 전했다.

"맞습니다. 하지만 그는 계속 잠자리를 요구했고, 저는 좋았습니다."

재만이 급습하듯 마이크에 대고 항의했다.

"이의 있습니다. 검찰은 본 재판을 성인물로 만들고 있습니다."

그러자 강 검사가 항변했다.

"아닙니다. 저는 피고인이 계획적으로 본 범행을 저질렀음을 입증하고자 하는 것입니다."

재판장이 말했다.

"이의 기각합니다."

그러자 강 검사는 작은 유리로 된 밀봉 용기를 들어 보였다.

"이건 케타민입니다. 주로 동물용 마취제로 널리 사용되는 약물이지만, 사람에게 고용량 투여 시 움직임이 둔해지고 무호흡 상태에 빠질 수 있습니다. 피고인의 방에서 이 마취제가 다량으로 발견되었죠. 방에서 이거 본 적 있죠?"

차미바트는 통역된 말을 듣고 혼란스럽게 얼굴이 일그러지며 되물었다.

"मैले त पहिलो पटक देखेको छु। त्यो मेरो कोठामा कनि छ त?" (처음 봅니다. 저게 왜 제 방에 있죠?)

도화는 강 검사를 보며 말했다.

"네, 그렇습니다."

그러자 강 검사는 차미바트에게 더 공격적으로 물었다.

"피고인에게 케타민이 필요했던 이유가 뭘까요?"

이어 강 검사는 슬라이드 화면을 재생했다. 황정수와 전미령이 바닥에 누워 피범벅이 된 사체 사진이 적당히 모자이크 처리돼 있었다. 현장의 끔찍함이 느껴져 방청객 중 몇몇은 눈을 돌렸다. 강 검사의 목소리엔 미세한 분노가 섞여 있었다.

"피고인이 마취제로 피해자 둘을 전신마비 상태로 만든 후 칼로 찔렀습니다. 황정수는 열두 차례나 찔렀죠."

도화가 차미바트에게 강 검사의 말을 다르게 통역했다.

"नीलो पुरुषले पीडित दुई जनालाई औषधि प्रयोग गरी बेहोस पारेर बाहर पटकसम्म चक्कु प्रहार गर्यो।" (파란 남자가 피해자 둘을 마취시키고 열두 차례나 칼로 찔렀습니다.)

도화의 통역에 차미바트가 작은 목소리로 "네"라고 말했다. 그녀의 답변에 강 검사가 "이상입니다!"라고 말했고, 방청석에서는 거친 야유가 흘러나왔다. 차미바트는 그 야유가 자신을 향해 있다는 걸 그제야 눈치챘다. 차미바트가 의문스레 도화에게 물었다.

"कनि सबै जना मसित रिसाइरहेका छन् होला?" (왜 나한테 다들 화가 났어요?)

도화는 입을 닫았고, 재판장은 재만에게 말했다.

"변호인은 신문하세요."

재만이 차미바트에게 물었다.

"맨 처음 황정수를 만난 게 언제, 어디서였나요?"

도화가 그대로 통역하자, 차미바트는 혹여 자기 말을 잘못 들을까 봐 조심조심 또박또박 말했다.

"मलाई ठ्याक्कै त याद छैन, सायद मनसुनको समय थियो। एक जना पुरुष बारम्बार कागजात ध्वस्त पार्ने अफिस वरिपरि घुमिरहन्थ्यो। ऊसँग सधैं क्यामेर र नोटबुक हुन्थ्यो। केहिन केहि खोजिरहेको जस्तो देखिन्थ्यो। एक दिन ऊ मेरो श्रीमान्‌सँग समातियो र उसले उसको कुटाइ धेरै नै खायो। तर मलाई त अझै पनि थाहा छैन, के कारणले हो भनेर।" (정확히는 기억나지 않지만, 장마철이었습니다. 어떤 남자가 계속 파셋집을 두리번거렸어요. 그는 항상 카메라와 수첩을 가지고 다녔습니다. 뭔가를 찾고 있는 거 같았죠. 어느 날은 남편에게 걸려서 엄청나게 두들겨 맞았어요. 저는 왜 그런지 알 수 없었어요.)

차미바트는 잠시 말을 멈추고 머뭇거리다가 비밀을 누설하는 듯 가늘게 떨며 말을 이었다.

"देवीको वचन सुन्नुहुँदैनथ्यो…… हो। उहाँको कुरा सुनेर यहाँसम्म पुगे जस्तो छ।" (여신의 말을 듣지 말았어야 했는데…… 그래요. 그 말을 들어서 이렇게 된 거 같아요.)

도화는 갑작스레 등장한 '여신'이란 단어에 잠시 미세한 균열을 느꼈다. 나비에 이어 이젠 여신? 해석되지 않은 혼란에 흔들리는 도화의 눈빛을 차미바트가 슬쩍 보고 말았다. 재판장이 도화에게 재촉했다.

"통역해주세요."

도화는 겨우 정신을 차리고 허위로 통역할 다음 말을 떠올리려 애썼다.

"창주 시내에 있는 마사지 가게를 다니고 있었습니다. 네팔 집에 돈을 보내고 싶었어요. 그 가게에서 황정수와 잤고, 그는 계속 잠자리를 요구했습니다. 저를 친절히 대해줘 사랑이라고 믿었습니다."

도화의 통역을 재만이 이어받아 세 명의 판사에게 눈을 맞추며 말했다.

"한 중년 남성이 자신의 욕정을 풀기 위해 마사지 가게에서 고의로 네팔 여성에게 접근한 것입니다. 황정수는 처음부터 차미바트를 욕정을 푸는 대상으로만 보았고, 그런 그의 태도가 그녀의 인격을 바닥까지 추락시킨 것입니다."

허술하고 감정만 섞인 논변을 늘어놓는 재만에게 여기저기서 실소를 날렸다. 재만은 계속 차미바트에게 질문을 이어갔다.

"피고인은 황정수와의 잠자리에서 폭력을 당한 적이 있습니까?"

도화는 이 말을 그대로 통역했고 차미바트는 사색이 됐다.

"अनुवाद ठिकसँग भएरहेको छ? कनि यस्तो प्रश्न सोधिरहेको हो त?"
(통역이 제대로 되는 건가요? 왜 저런 질문을 하는 거죠?)

도화가 내색 없이 차미바트의 말인 양 말했다.

"폭력도 잠자리의 일부라고 생각했습니다."

거센 야유와 욕설이 방청석에서 터져 나왔고 차미바트의

미간은 급격히 일그러졌다.

"이상입니다."

재만이 마이크에서 떨어지자, 재판장은 강 검사를 보았다.

"검사 측 재주신문하겠습니까?"

강 검사는 동영상을 재생했다. 동영상에서 사건 재연을 마치고 나오는 차미바트가 나타났다. 여기저기서 플래시가 터지자, 차미바트는 갑작스레 울부짖는 유가족들에게 다가갔다. 그러더니 그중 한 사람의 머리 위에 손을 얹고 중얼거렸다. 방언하듯 빨라지는 차미바트의 알아들을 수 없는 말이 이어졌다. 유가족이 분노하며 차미바트의 수갑 찬 손을 치우자, 그녀의 동공이 커지며 우아하게 턱을 올리고 파르르 떨며 모욕감을 느끼는 표정이 클로즈업되었다.

방청객들은 영상 속 그녀의 표정과 몸짓에 소름이 끼친다는 듯 침묵했고, 강 검사가 동영상을 멈추고 이번엔 도화를 또렷이 보았다.

"통역사님께 묻겠습니다. 영상 속에 차미바트는 뭐라고 말하고 있나요?"

재만이 수동 타자기로 작성한 문서엔 없는 질문이었다. 도화는 집중된 시선을 느끼며 입을 뗐다.

"모릅니다."

강 검사가 의아하게 물었다.

"왜죠?"

"영상 속 저 언어는 네팔어가 아닙니다."

"네?"

모두가 의아하게 도화를 바라봤다. 재만조차 도화가 진실을 말하는지 거짓을 말하는지 짐작하기 어려웠다.

"그럼 어떤 언어라는 거죠?"

도화는 네팔의 거리에서 가끔 제의를 보며 멍때리곤 했다. 제사장은 알 수 없는 고대어를 읊으며 신과 소통을 시도했다. 그 리듬감과 어감을 떠올리다 보니, 짐작할 수 있는 게 있었다.

"아마도…… 산스크리트어 같습니다."

"고대어를 했단 말인가요?"

"네. 그래서 저도 무슨 말인지 모릅니다."

"아무튼 분위기를 보면, 유족을 모욕하는 거 같습니다만. 꼭 저주를 퍼붓는 거 같지 않나요?"

요지는 차미바트가 지금까지 전혀 반성의 기미를 보이지 않는다는 것이었다. 통역사에게 의견을 구하는 강 검사의 태도를 보고 재판장이 제지하듯 말했다.

"강 검사! 영상에 나오는 말이 무슨 말인지 모른다고 대답했는데도 통역사에게 다시 동의 의견을 묻다니요?"

도화는 재만이 요청했던 '서비스'라는 게 바로 이런 순간이라는 걸 감지했다.

"네, 그런 거 같습니다."

강 검사는 이제 확신을 가지고 말을 이어나갔다.

"피고인은 황정수를 처참히 살해한 것도 모자라 유가족조차 저주로 모욕했습니다. 현장 검증 당시 차미바트는 열두 차례를 찌르는 모습을 정확히 보여줬는데, 일말의 죄책감도 없었다는 게 경찰의 증언입니다."

그 순간, 방청석에서 우우— 우우— 우우— 살벌하게 낮은 톤의 소리가 흐르며 모든 시선이 차미바트를 향했다. 차마 욕설을 뱉을 수 없어, 합동해서 내는 소리 없는 저주의 소음 같았다. 차미바트는 그 소리에 온몸이 휘감긴 듯 몸을 부들부들 떨더니 외쳤다.

"मैले तिनीहरुलाई आशीर्वाद दिएकी हुँ। तिनीहरुको शोक देखेपछि दया लागेर! त्यो त देवीले मात्र गर्न सक्छिन्। शाप होस्, या आशीर्वाद! अनि तिनीहरुले मलाई मैले देखेको कुरा पुन: प्रदर्शन गर्न भनेका थिए। मैले साक्षी दिएको कुरा पुन: प्रदर्शन गर्न भनेका थिए!" (가족들에게 축복을 내렸습니다. 그들이 안타까워서! 그건 여신만 할 수 있어요. 저주든 축복이든! 내가 본 걸 재연하라고 했어요. 내가 목격한 걸 재연하라고 했다고요!)

그녀의 외침 후에도 우우— 소리는 더 커졌다. 재판장이 도화를 보며 물었다.

"지금 피고인이 뭐라고 하나요?"

지금은 '서비스'만 생각하기로 했다. 도화는 이어 차분하게 대답했다.

"신성한 법정에서 통역해도 되는 말인지 모르겠습니다."

"하세요."

"유가족의 처지에서 생각할 이유가 없습니다, 라는 말만 반복했습니다."

판사석에선 쓴웃음이 흘렀다. 재판장이 강 검사를 보았다.

"구형하시겠습니까?"

"최종 의견 진술을 하겠습니다. 피고인은 피해자를 계획적으로 살해한 후, 방화하며 범행을 증거 인멸 하려는 치밀한 태도를 보였다는 건 명백합니다. 이러한 죄질과 범죄의 중대성을 고려할 때 법정 최고형인 사형을 구형합니다."

재판장이 재만 쪽으로 고개를 돌렸다.

"변호인, 최후 변론 하겠습니까?"

재만이 탄식하듯 일어나 과장되게 구슬픈 표정을 지으며 말했다.

"낯선 한국 땅에 온 여자의 외로운 심정을 조금이나마 참고해주셨으면 좋겠습니다. 이상입니다."

재판장이 냉랭한 표정으로 차미바트에게 고개를 돌렸다.

"피고인, 최후 진술 하십니까?"

이어 도화가 바로 통역했다.

"तपाईं आजको मुद्दाबाट सन्तुष्ट हुनुहुन्छ?" (이 재판이 만족스러웠나요?)

차미바트가 단호하게 한국말로 "아니요"라고 대답했다. 그러자 이어 재판장이 이번 공판에 마침표를 찍는 투로 말했다.

"판결 선고일은 8월 29일 오후 4시에 있겠습니다."

판사들이 차례로 퇴장하고 난 후 강 검사와 재만이 나갔다. 대기하고 있던 교도관이 무력하게 앉아 있는 차미바트를 잡아끌고 나갔다. 도화가 벌떡 일어나 뒤도 돌아보지 않고 캐리어를 챙겨 끌고 재판장을 떠났다.

※

도화는 부러 해변 공용 주차장에 마티즈를 세웠다. 거친 파도가 치는 바위 해변을 쭉 걸었다. 불과 한 시간 전에 법원에서 있었던 일이 바다를 보니 비현실적으로 느껴졌다. 잠시 철썩이는 파도를 보며 숨을 골랐다. 가끔 홀로 스노클링하러 바닷속으로 들어갔다 나오는 스폿이었다. 한참 바닷속을 누비다 해변 밖으로 나오면, 젖은 채로 늘 가는 곳이 있었다.

바다를 정면으로 바라보고 있는 낙후된 펜션들 사이로 붉은 벽돌의 4층 빌라가 보였다. 도화는 빌라 지하 1층으로 내려가 벨을 눌렀다. 문이 열리자, 타멜이 비몽사몽한 눈으로 도화를 바라보았다. 그는 아직 한밤중인 듯했다. 타멜이 눈을 비비며 물었다.

"찌아?"

"응."

"들어와."

네모난 개방형 원룸이었다. 테이블도 의자도 없이 좌식으로 방석만 잔뜩 있었다. 방문객은 알아서 방석 하나를 깔고 앉으면 됐다. 베란다에는 시바, 비슈누, 가네샤 등 각종 힌두 신의 사진과 손바닥만 한 돌로 만든 신상이 소박한 사원처럼 배치돼 있었다. 모두 타멜이 직접 네팔에서 가져왔다. 그는 자기 집에 신을 모시는 공간만큼은 포기할 수 없었다. 그래서 무리해서 집을 구할 때도 이런 부분을 제일 먼저 고려했다. 여느 네팔리처럼 그에게 신은 저 하늘에서 믿는 존재가 아니라, 늘 일상에서 함께하는 실존이었다. 그래서 늘 신에게 올리는 향은 켜져 있었다. 이 냄새에 민원이 들어와 집 안 모든 환기구를 공업용 테이프로 막아놨다.

타멜은 네팔에서 온 20대 중반의 늦깎이 대학생이다. 수업보다는 각종 알바를 더 많이 해서 늘 밤낮이 바뀌어 있다. 해양학을 전공 중인데, 바다가 없는 네팔에서 바다에 관해 공부하는 건 그에게 실용적인 이유는 없어 보였다. 그래서 도화는 그가 전공보단 학생 비자를 취득하기 위해 전공 이름을 신경 쓰지 않았다고 생각했다.

"어라? 누님, 검은 머리로 바꿨네?"

"응. 어쩌다 보니."

온 집 안에 진한 마살라 향이 가득했다. 간혹 대마 연기 냄새도 뒤섞여 났는데, 도화는 딱히 이유에 대해선 물은 적이 없었다. 이 집엔 별별 사람들이 드나들었다. 찌아를 마시고 싶은 모든 사람에게 늘 열려 있었기 때문이다. 언젠가 이 집에서 도화는 여러 명의 낯선 사람과 빼곡히 앉아 찌아를 마신 적도 있었다. 대한민국에서 그의 찌아가 제일 맛날 것이라고 도화는 확신했다.

타멜의 찌아 블렌딩이 시작됐다. 카다멈, 생강, 정향, 계피, 육두구, 후추, 팔락, 월계수 잎. 마지막으로 아삼차를 한꺼번에 작은 절구통에 넣고 빻는다. 비율과 빻는 정도에 따라 그날의 찌아 맛은 미묘히 달라졌다. 아삼차를 50퍼센트 이상 넣어야 한다는 건 그의 신념이었다. 그 외엔 방문객의 그날의 무드에 따라 기가 막히게 찌아 맛을 맞췄다. 찌아용 냄비에 지방 가득한 우유와 갈색 설탕을 블렌딩한 찌아를 팔팔 끓인 후 망에 걸러내고 유리잔에 담는다. 재료가 다 인도산과 네팔산일 수는 없어도 잔만큼은 네팔 식당에서 쓰는 유리잔을 썼다. 도화는 이 찌아 한 잔이 만들어지는 과정을 보고 있으면, 마법처럼 잠시 모든 걸 잊을 수 있었다. 어쩌면 이 과정을 구경하기 위해 온 걸까, 싶을 정도로.

"밥은 먹었어?"

도화는 뭔가를 먹으면 토할 것 같아 굶고 있었다.

"아니."

타멜은 재빨리 냉장고에 둔 밀가루 반죽 덩어리를 납작하게 밀고 난 후 프라이팬에 기름을 둘러 난을 구웠다. 곧 따끈따끈하게 구워진 난이 찌아 한 잔과 함께 도화 앞에 놓였다. 따끈한 난을 한입 베어 물자, 마치 화덕에 구운 것 같은 불맛과 버터 맛이 났다.

"누님. 블렌딩한 거 가져갈래?"

타멜이 찌아 블렌딩을 200그램 정도씩 소분하며 물었다.

"괜찮아. 지난번 것도 아직 있으니까."

도화는 찌아를 마시며 법원에서부터 쫓아온 긴장감을 풀어냈다. 타멜도 도화 앞에 마주 보고 앉았다.

"누님, 떨떠름한 표정이 있네. 정향이 많이 들어갔나?"

"찌아 맛은 좋아."

"은?"

타멜의 한국어 실력은 조사의 미묘한 뉘앙스를 잡아낼 정도의 수준이었다. 찌아 잔이 바닥을 드러내자, 도화가 겨우 입을 열었다.

"차미바트 사건 알아?"

"그 지저분한 치정 사건? 판결 났나?"

"1차 공판 끝났고, 바로 판결 날 거 같아."

1차 공판이 끝나고 판사 판결이 난다는 건 이례적이다. 그만큼 모든 게 1차 공판에서 다 시인됐고 밝혀졌다. 허위 통역을 통해서.

타멜의 한국어는 전문 용어엔 약했다.

"अभियोजकले सजाय माग गरिसके?" (검사가 구형했어?)

"अभियोजकको माग मृत्युदण्ड हो। तर अझै सकिएको छैन। न्यायधीशको फैसला आउन बाँकी नै छ।" (검사는 사형. 끝난 건 아니야. 아직 판사의 판결이 남았으니까.)

"사형이라."

타멜은 달콤한 찌아를 지독히 쓴 표정으로 들이켰다.

"네팔처럼 한국도 사형 제도 없어진 거나 마찬가지잖아."

"법정 최고형을 구형한 거지."

"누나가 통역했구나."

"맞아."

차마 '내가 허위 통역을 했다'란 말은 입에서 뱉어지진 않았다. 타멜은 뭔가 말이 먹힌 듯한 도화의 얼굴을 빤히 보았다.

"나 배달하다 오토바이 뺑소니 겪었을 때 아무도 내 이야기를 들어주지 않았어. 내가 변호사 얼굴보다 통역사 얼굴을 먼저 봤잖아."

"갑자기 그 이야긴 왜 해?"

"답답한 거 있음 나한테 말하라고."

도화가 찌아 잔을 바닥에 내려놨다.

"일하러 가지? 곧?"

"응. 슬슬 준비해야지. 누님도 놀러 와. 언제든 웰컴이야."

최근 타멜은 과일을 잘 깎아서 발리나이트클럽의 주방으로 스카우트돼 월급도 올랐다. 이 나이트는 VIP실이 따로 운영되고 있었다. 고급 양주에 어울리는 과일 안주를 타멜이 주로 맡았다.

"알았어. 나 간다. 나마스테."

"나마스테."

도화는 밖으로 나와 마티즈로 갔다. 트렁크를 열자 돈다발이 든 캐리어가 눈에 들어왔다. 5만 원권 한 뭉치를 빼고 나서 도화는 집으로 가는 중간에 약국에 들러 현금으로 원하는 만큼 약을 샀다.

오피스텔로 돌아와 블라인드를 내렸다. 그리고 스탠드 조명을 켰다. 책상 위에 노트북과 공책, 펜, 낡은 네팔어 사전을 올려놨다. 스마트폰에 줄 이어폰을 연결하고 재생 버튼을 누르자, 차미바트와 도화의 목소리가 들렸다. 도화는 세세하게 차미바트의 증언을 공책 위에 써 내려갔다. 흐트러짐 없이 척

추를 세우고, 바른 자세로 집중했다. 서서히 공책에 네팔어가 가득 채워지고 녹음 내용이 끝났다. 줄 이어폰을 빼고, 빨간 펜을 든 도화가 '차미바트 증언'이 적힌 문장들 밑에 한국말을 번역해 적었다. 즉, 도화의 귀에만 꽂히고 법정에선 전달되지 않았던 말들.

―의식을 잃었고, 눈을 떠보니 낯선 집이었습니다.

이 문장에 빨간 줄을 긋고 한참을 바라보던 도화는 다음 문장으로 넘어갔다.

―일어나 보니 남녀가 죽어 있었습니다.

그리고 그다음 문장이 이어졌다.

―나는 목격한 걸 재연했을 뿐입니다.

다음으로 재판 전 재만이 줬던 대본을 펼쳐 보았다.

―파란 남자가 칼을 들고 황정수와 전미령을 찌르고 있었습니다.

도화는 파란색 볼펜으로 바꿔 '파란 남자'에 짙은 밑줄을 그었다. 파란 남자란 '파란 옷을 입은 남자'를 지칭하는 걸까 궁금했었다. 아무튼 간에 만약 차미바트가 진실을 말했다고 가정해봐도, 차미바트의 진술에는 크게 두 가지 모순이 존재했다.

1. 정신을 잃었다는 사람이 살해 현장을 보았다? 현장 검증을 정확히 재연했고 진술도 자세했다.

2. 정신이 드니 남녀가 죽어 있었다.

'보았다'고 했는데, 다시 '정신이 드니'라고 말했다. 그리고 정신을 잃은 사람은 목격할 수 없다. 왜냐면, 정신을 잃었기 때문이다. 확실히 차미바트는 조현병이 맞다고 판단 내릴 수밖에 없었다. 그런데 찝찝함이 남았다.

'나비.'

도화는 책상 구석에 밀쳐놨던 스케치북을 다시 펼쳤다. 한 장씩 나비 그림을 넘기다가 마지막 장에 닿자, 안쪽 커버에 붙어 있는 작은 보라색 나비 스티커가 보였다. 엄지손가락 한 마디만 한 크기였다. 이런 게 붙어 있었나? 도화는 잠시 멍하게 보았다. 접견실에서 차미바트를 처음 만났을 때의 말이 떠올랐다.

'보라색 나비를 끝까지 쫓아가야 해.'

보라색 나비 스티커 안에 프린트된 글씨가 보였다. '보라나비연대'.

스마트폰으로 그 이름을 검색했다. 홈페이지를 클릭하자, 보라색 나비가 펄럭거리는 로고가 나타나며 '갑상선암 여성과 연대합니다'라는 메시지가 떴다. 조직도를 쭉 내려보다가, 도화는 특정 이름에서 소름이 돋았다.

팀장 전미령

받아 적은 법정 녹음 속에 여러 번 등장했던 그 이름.

피해자 전미령

동명이인이겠지라고 생각하면서도, 도화는 이 기묘한 우연에 얼이 빠진 채 정지돼버렸다. 쫓아가라던 보라색 나비가 이 이름이었을까? 까만 시공간에 홀로 있는 듯, 생생한 어둠만 느껴지는 밤이었다.

내리쬐는 햇살을 무방비로 받으며 건물 앞에 섰다. '전미령'이라는 이름에 밤잠을 설친 도화는 오전부터 마티즈에 올라 네비게이션에 '보라나비연대'를 검색해 바로 이곳으로 왔다.

건물 2층에 이르러 소박한 간판이 걸린 곳의 문을 열자 아담하고 컬러풀한 개방형 사무실이 보였다. 다수가 여성 직원이었다. 새치가 희끗희끗한 중년 여성이 밝게 웃으며 도화에게 다가왔다.

"무얼 도와드릴까요?"

그제야 도화는 정신을 차렸다. 어제까진 상상도 못 할 곳에 자신이 와 있었다. 어디서부터 어떻게 물어야 할까. 막막한 와중에 정직한 단어가 튀어나왔다.

"보라색 나비……."

"저희 로고요? 그게 왜요?"

"예, 그러니까…… 스케치북에 스티커가 붙어 있었어요. 보라색 나비 스티커."

"아, 수술 후 심리 상담을 받으셨군요."

"네, 그때 지원 사업으로 무료로 해준다고 해서."

"우리 연대에서 후원하고 있습니다. 그런데 누굴 찾아오셨나요?"

"전미령…… 님?"

도화가 말한 이름에 여자의 얼굴에서 웃음이 사라지더니 먹구름이 낀 듯 흐려졌다.

"전 팀장을 찾아오셨군요. 이쪽으로."

여자를 따라 하얀 국화가 수북하게 쌓인 책상 앞에 섰다. 액자 속 사진에 전미령이 있었다. 도화와 또래로 보였다. 화장기 없는 단아하게 묶은 머리, 맑고 둥근 얼굴, 반달 모양의 눈을 가졌다.

여자가 작게 말했다.

"애도 시간을 가지시고 차를 한잔하시죠."

도화는 사진 속 전미령의 눈을 한참을 들여다보다가 여자가 안내하는 작은 회의실로 들어갔다.

여자는 얼이 빠져 있는 도화에게 티백으로 우린 녹차를 내주었다.

"여기는 직함으로 불러요. 한 이사라고 합니다."

"저는 장도화라고 합니다."

"놀라셨죠? 이해합니다. 황망함……."

"왜 젊은 나이에……."

도화가 말끝을 흐리며 묻자, 한 이사가 서늘한 듯 몸을 움추렸다.

"차미바트 사건 아시나요? 고인은 희생자입니다. 그런데 어떤 일로 전 팀장을 찾으시는지요?"

"어…… 그게…… 그게……."

도화가 충격에 말을 헤매자 한 이사가 대신 말을 이었다.

"제가 전 팀장 업무를 임시로 맡고 있어요. 고액 후원 쪽이신지 전수 조사 쪽이신지……."

"고액 후원은 아닙니다."

도화가 얼떨떨하게 대답해버렸다.

"예, 그럼, 전수 조사로 오셨군요. 설문지 체크는 하셨나요?"

"아뇨."

잠시 밖으로 나갔다 돌아온 한 이사가 도화에게 볼펜과 함께 설문지를 내밀었다.

"충분히 시간 가지시고 설문지 작성해주세요."

한 이사가 자리를 비켜줬고, 도화만 회의실에 남아 고요 속에서 설문지를 보았다. 표제가 없었다. 여성 갑상선암과 뭔가의 연관 관계를 추적하는 조사일 것이라고 추측했다. 문항의 내용을 훑어보아도 일상적인 질문이었다. 모든 질문에 '예/아니오'로 답하게 돼 있었다. 한 문항씩 답할수록 얼빠짐

이 사라졌다.

—환기를 자주 합니까? ☐ 예 ☐ 아니오

—당신은 서포읍, 민읍면, 해야면에 살고 있습니까? ☐ 예 ☐ 아니오

—하루에 물을 1리터 이상 마십니까? ☐ 예 ☐ 아니오

—집에서 수돗물을 식수로 사용합니까? ☐ 예 ☐ 아니오

—당신의 일터는 서포읍, 민읍면, 해야면에 있습니까? ☐ 예 ☐ 아니오

등등.

도화의 답은 거의 '예'였다. 마지막으로 점수를 내보았다. 95점이 나왔다. 어떤 관계성 때문에 이 점수가 나온 걸까. 도화에게 궁금증이 스칠 때, 한 이사가 돌아와 설문지를 수거했다.

"감사합니다."

95점이나 받아놓고 '무엇'에 관한 설문인지 모르고 갈 순 없었다.

"저, 이게…… 어떤 설문지일까요?"

한 이사가 당황스러운 투로 되물었다.

"설마, 그걸 모르고 설문하셨어요? 말이 안 되는데…… 보시다시피 블라인드 설문지입니다. 대답해드리기가 어려워요. 전미령 팀장을 보러 오셨다길래 다 아시고 참여했다고 착각했어요."

한 이사는 이제 방어적으로 도화를 바라봤다. 여기까지

온 경로를 설명하긴 어려웠다. 정적이 길어지자 한 이사가 자리에서 일어나며 눈빛으로 도화를 압박했다.

"전수 조사 대상자가 아니시라면…… 저는 더 드릴 말씀이 없네요."

"예, 알겠습니다."

도화가 스르르 일어나며 몸짓으로 나간다는 신호를 보냈다. 그러다 문에 붙은 보라나비연대 로고에 시선이 멈췄다.

"왜 하필 나비가 보라색이죠?"

"멍들면 보랏빛이 되잖아요. 잠시 멍든 거지, 망가진 건 아니라는 의미예요."

도화는 보라색 나비 로고를 슬쩍 만져보았다. 차가웠다. 아무리 떠올려보아도, 이 기묘한 상황을 설명해줄 사람은 차미바트뿐이었다. 묻지 않으면, 영원히 모를 것이다.

오피스텔로 돌아오자마자 노트북을 열어 법무부 사이트에 접속했다. 창주교도소 접견 신청을 클릭하자 변호인과 가족관계만 접견이 가능하다는 알림이 떴다. 도화는 접견 신청서 인정 사항에 자신을 변호인 측 통역사로 기재했다. 신청 완료 버튼을 누르고 나니 온몸이 뻐근했다. 노트북을 덮은 채 약을 털어 먹고, 도화는 화장실 간이 플라스틱 욕조에 김이 모락모락 오를 만큼 뜨거운 물을 채웠다.

탕에 들어간 도화는 스마트폰을 들어 '네팔리 미친 여자'를 검색어에 넣었다. 차미바트에 대한 영상이 쏟아졌다. 그중 차미바트가 현장 검증 했던 당시의 유튜브 영상을 재생했다.

영상 속에서 그녀는 모형 식칼로 마네킹을 찌르고 있었다. 그녀 옆에서 통역하고 있는 작은 체구의 네팔 사람이 보였다. 워낙 붙어서 통역을 하고 있어 소리는커녕 입 모양조차 볼 수 없었다.

그때 검은 물방울이 욕조 안으로 똑똑 떨어졌다. 그러더니 소나기가 내리듯 떨어지는 속도가 빨라졌다. 도화가 천장을 올려다보니 엄지손가락보다 작은 검은 구멍이 보였다. 발꿈치를 올려 자세히 보니, 천장에 붙은 눈이 깜박거리며 검은 물을 떨어뜨리고 있었다. 도화는 휘청이다 발가벗은 채로 물 밖으로 뛰쳐나갔다.

한참이 지나고 다시 화장실 안으로 들어가 천장을 보았을 땐, 그 검은 눈동자는 사라지고 없었다. 도화는 눈을 비비며 재차 보았지만, 역시 없었다. 극도로 약해진 체력과 긴장이 누적돼 헛것이 보인 거라고 스스로를 다독였다. 도화는 그대로 복층으로 기어가듯 올라가 매트리스에 몸을 뉘었다.

다시 눈을 떴을 때 도화는 거대한 무덤 꼭대기에 누워 있었다. 무덤이라는 건 인지가 되는데, 누구의 무덤인지는 알 수 없었다.

"아직 그 안으로 들어가기 싫어."
라고 잠꼬대하듯 말하자, 무덤 안에서 쿵— 쿵— 쿵— 심장 소리가 들리더니, 둥— 둥— 둥— 낮은 북소리로 바뀌었다.

"मम वचनं शृणु।"

무덤 속에서 희미하게 들리는 소리를 알아들을 수 없었다. 아마도 고대어 같았다. 도화의 몸이 목소리가 들리는 쪽으로 급격히 빨려 들어갔다. 무덤으로 하염없이 들어가다 어둡고 음습한 하수구를 지나 더 아래로 내려가니, 암반 속에 고인 지하수를 물탱크가 끌어 올리고 있었다. 이어 가압 펌프로 쭉 뻗어가는 송수관을 따라가다 보면, 거미줄처럼 각 가정집으로 연결되는 수도관이 보였다. 한 수도관에서 매캐한 검은 연기가 새어 나오고 있었다. 다음 순간, 연기의 발생지인 낯선 집 한가운데 도화가 서 있었다. 모든 건 불타고 있었다. 그래서 아무것도 보이지 않았다. 거친 화염이 덮치는 순간, 도화는 꿈에서 깼다. 온몸에 식은땀이 흘렀고 불탄 집에 다녀온 듯 오싹했다. 그 낯선 목소리는 무슨 말을 한 걸까. 날카롭게 울리는 알람 소리에 도화의 정신이 다급히 현실로 돌아왔다.

이런 와중에도 출근해야 한다는 게 농담처럼 느껴졌다. 탈의실 로커에서의 일 이후에도 변화는 없었다. 도화는 와인 코너에 섰고, 수희를 포함해 동료 직원들과 똑같이 인사했고, 각자의 자리에서 각자의 일을 했다. 갈등은 가끔은 적당한 거리에서 긴장감을 유지하는 계기가 될 수 있었다. 다만 뒷담화는 심해졌다.

도화에 관한 소문은 늘 있었다. 네팔에서 NGO 일을 하면서 네팔 남자와 눈이 맞아 동거하다가 돈을 다 뜯겨 연고도 없는 이곳으로 왔다는 게 대표적이었다. 심지어 도화가 한국에 돌아와서도 그 남자에게 여전히 돈을 송금하고 있다는 말도 돌았다. 대략 이런 말들이었다.

─그래서 법정 통역 일을 할 만큼 네팔어도 잘하는구나.

─동거로 어학연수 할 거면, 백인 만나 영어 실력이라도 늘리지. 별나다, 참. 네팔어는 배워서 어따 써?

─한국에서도 네팔 사람들하고만 어울린다니까. 발리나이트클럽에서도 젊은 네팔 남자랑 있는 거 본 사람이 있대.

─멘탈이 남달라. 병나기 전까지도 월급 받아 네팔에 있는 엑스한테 보냈대잖아.

─아랫도리가 서로 잘 맞나. 정신 못 차리고 말이야. 뜯어먹혀도 정도껏 해야지. 쯧쯧.

─나잇값도 못하고 까졌네. 보기에도 그래. 아가씨도 아니고 아줌마도 아니고, 어정쩡하잖아. 원래 외국 나다니면서 마음대로 사는 여자들이 좀 그런 구석이 있어. 철이 없지.

도화가 딱히 진위 여부를 해명하지 않아, 소문은 더 부풀려졌다. 그래도 마트 안에서 와인 코너에 배정된 게 만족스러워 동료들의 뒷담화 정도는 귀엽게 느껴졌다. 도화는 한때 술과 친했다. 그래서 와인 코너에서 다양한 술을 소개하는 게 꽤 좋았다. 물론 오늘처럼 별로인 위스키를 시음하며 권하는 건 곤욕이었다. 그래서 설렁설렁 일하고 있는데 수희가 오더니 시음 잔을 훅 들이켰다.

"후진 블렌딩이네."

"맞아. 사지 마. 싸구려 위스키도 격이 있어."

수희가 눈살을 찌푸렸다.

"장도화, 손님한테 그렇게 말하면 돼?"

"안 되지. 그래도 이 위스키는 너무 후져."

"격 있는 싸구려가 있나?"

"이 매장엔 없어."

"어쭈. 아는 척하네? 그럼 그 격 있는 괜찮은 가격의 위스키가 뭔지 말해봐."

도화가 입맛을 다셨다.

"올드 더르바르 블랙 침니. 네팔 위스키야. 쫀쫀한 맛에 히말라야 빙하수가 섞여 있어."

"너, 네팔에서 좀 마셔봤구나."

"히말라야 등반하며 위스키 따서 막 입에 붓고 그랬지."

수희가 어이없는 웃음을 흘리고는 느리게, 의외라는 듯 말했다.

"매니저가 나한테…… 내일부터 여기서 인수인계받으란다. 네가 나 여기 추천했다며?"

도화가 덤덤히 끄덕였다.

"언니, 외울 게 생각보다 많아."

"왜……? 나한테 빡치지 않았어? 네 병 소문냈는데?"

수희는 프루트칵테일 통조림을 먹으면 바로 동남아 바캉스에 온 사람처럼 업될 만큼 상상력이 풍부한 여자였다. 그런데 갑자기 딴사람처럼 변했다.

"그나마 와인 코너가 시급이 좀 더 높고 하니까, 돈 궁한가 했지. 오전에 매니저 찾아가서 말했어. 와인 코너는 강수희가 좋을 거 같다고."

"나도 못났다. 동생 자리나 뺐고."

"빼앗은 거 아니야. 돈이 언니를 몰아붙였겠지. 이해해."

"네가 날 이해한다고 하면, 쪽팔리잖아."

"언니, 인생이 존나리 피곤하게 꼬일 때가 있어. 그치?"

수희가 시음 잔을 다시 들이켰다. 도화도 따라 마셨다.

"좀 부족하지?"

"응."

도화가 선반 아래서 박카스 박스를 꺼냈다. 열어 보니, 미니 양주가 종류별로 들어 있었다.

"이렇게 시음용으로 나온 미니 양주가 남으면 챙겨둬. 어차피 버리는 건데, 아쉬울 때 홀짝할 수 있거든."

"아주 꼼꼼하셔."

"땡길 때 드시오."

"별걸 다 챙긴다, 너도 참."

스마트폰 진동음이 울렸다. 액정에 접견 신청이 받아들여졌다는 메시지가 보였다. 문득 보온병에 찌아를 담아 사식을 넣고 싶었다. 하지만 접견 안내문에 사식은 안 된다고 적혀 있었다. 도화는 맨손으로 가기가 미안했지만, 지금은 담담한 척 차미바트를 마주해야 했다.

※

처음으로 도화와 차미바트 둘뿐이었다. 접견실의 공기는 무거웠다. 차미바트가 분노 서린 눈으로 접견실 방탄유리를 탕탕! 쳤다.

"ममेरो कुरा ठिकसँग अनुवाद गरनुभयो?" (내 말이 제대로 전달됐어요?)

도화는 그럴 처지가 아니라는 건 알았지만 타이르듯 말했다. 시간을 최대한 아끼려면, 핵심에 빨리 도달해야 한다.

"समय समित छ। अहिले पनि समय कम हुँदै छ।" (시간제한이 있어요. 지금도 시간이 흐르고 있다고요.)

그럼에도 차미바트는 계속 방탄유리를 쳤다. 교도관이 저지하려고 들어오려 하자, 도화가 괜찮다는 손짓을 했다. 교도관이 물러나고 도화가 단도직입으로 물었다.

"घटनास्थल परिक्षण गर्दा आफुले देखेको कुरा पुनः प्रदर्शन गरेको मात्रै हो भनेर तपाईंले भन्नुभएको हो नि?" (현장 검증 때 본인이 목격한 걸 재연했다고 했죠?)

차미바트가 그제야 방탄유리를 치던 손을 거두고 끄덕거렸다. 도화가 재차 물었다.

"कनि?" (왜죠?)

"त्यसरी गर्न भनिएको थियो त्यसैले।" (그렇게 하라고 했으니까.)

"भिडियोमा प्रहरीसित कुरा गरेको, त्यो नेपालीले हो?" (영상 속 형사랑 말했던, 그 네팔리가요?)

"हजूर, तिनलाई कोरियन भाषा राम्रो सँग आउँछ। तर मैले चिनेको त छैन।" (네. 한국말을 잘해요. 난 모르는 사람이에요.)

"प्रहरी अनुसन्धानमा आफ्नो अपराधबारे सबै स्वीकार गर्नुभएको थियो नि? तपाईंले?" (경찰 조사에서 다 자백했죠? 당신이?)

차미바트의 표정은 급격히 굳어졌다.

"स्वीकारेको छैन। मैले देखेको कुरा मात्र भनेको हो।" (자백이 아닙니다. 난 목격한 걸 말했어요.)

두 여자 사이엔 혼란스러운 정적이 흘렀다.

도화는 허위 통역 대본 속의 파란 남자가 떠올랐다.

"तपाईंले अभियोजन र प्रहरी अनुसन्धानको क्रममा नीलो पुरुषको बारेमा बयान दिनुभएको थियो?" (당신은 검경 수사 당시 파란 남자에 대해 말했었나요?)

"हजूर।" (네.)

"नीलो मानिसले ह्वाङ जङ्सु र चोन मरियोङलाई हत्या गरेको भन्ने त्यो कुरा हो?" (파란 남자가 황정수와 전미령을 살해했다,는 그 목격 말입니까?)

차미바트는 다시 기억을 떠올리는 게 거북한지 몸을 으슬으슬 떨었다.

"हो, नीलो मानिसले तिनीहरुलाई करूर तरिकाले प्रहार गरेको थियो। अनि आगो पनि लगाएको थियो!" (네, 파란 남자가 그들을 끔찍하게 찔렀다고요. 그리고 불을 질렀어요!)

"त्यो नीलो मानिस कस्तो देखिन्थ्यो?" (그 파란 남자는 어떻게 생겼나요?)

"तिनिको सारा शरीर नीलो थियो। हात धेरै थिए। नाचेजस्तो गरेर चल्थ्यो। कम्मरमा कपडाको टुक्रा बेरेको थियो, टाउकोबाट नुकीला काँडा निस्किएको थियो, र पहेँलो मुकुट लगाएको थियो। अनि तिनी होचो र बौनाजस्तो देखिन्थ्यो।" (온몸이 파래요. 팔이 여러 개예요. 춤을 추듯 움직여요. 사타구니에 천 쪼가리를 둘렀고, 머리통에 뾰족하게 촉수가 나와 있고, 누런 왕관을 쓰고 있어요. 그리고 왜소한 난쟁이고요.)

차미바트는 파란색 난쟁이가 성인 둘을, 칼을 휘둘러 죽였다고 말하고 있었다. 도화는 깊게 한숨을 토해냈다.

"मैले जस्ताको त्यसतै अनुवाद गरेको भए पनि, तपाईंको कुरा मिल्दैनथ्यो। अनौठो कुरा मात्रै हो।" (내가 있는 그대로 통역했다고 해도, 당신 말은 앞뒤가 맞지 않아요. 어차피 말도 안 되는 말이죠.)

차미바트는 지그시 입술을 깨물었고, 도화는 계속 말을 이었다.

"तपाईंले चिया पिएर बेहोस हुनुभयो, अनि उठ्दा ह्वाङ जङ्सु र चोन मिरियोङ छुरा प्रहार भएर मरिसकेका थिए भन्ने कुरा गर्नुभयो। अब तपाईंले पनि थाह पाउनुभयो कि? तपाईंको कुरा कनि मिल्दैन भनेर?" (당신은 차를 마시고 의식을 잃었고, 일어나 보니 황정수와 전미령은 칼에 찔린 채 죽어 있었다고 했어요. 자, 이제 왜 당신이 한 말이 이상한지 알겠나요?)

그녀는 알 듯 모를 듯 고개를 좌우로 어지럽게 왔다 갔다 했다. 그러자 도화가 더 밀어붙였다.

"मानौं, तपाईंको भनाइअनुसार नीलो मानिस छ। तैपनि कुरा मिल्दैन। बेहोस भइसके पछि तपाईंले कसरी देख्न सक्नुहुन्छ? बाह्र पटक छुरा प्रहार भएको स्थान तपाईंले ठिकसित बताउनुभयो। तपाईं साँच्चै पागल हुनुहुन्छ?" (당신 말대로 파란 남자가 그랬다고 가정해봅시다. 그래도 논리에 맞지 않아요. 어떻게 의식을 잃은 채로 목격할 수가 있죠? 열두 차례나 찌른 곳을 정확히 짚었어요. 당신은 정말 미쳤습니까?)

1장 미친 여자와 보라색 나비

그녀가 미동 없이 도화를 바라봤다.

"तपाईंले मलाई पागल ठान्नुभयो भने तपाईंको मन हल्का हुन्छ? अनुवाद सही भए पनि नतिजा एउटै हुन्थ्यो भनेर?" (내가 미쳤다고 생각하면, 당신 마음이 편해지나요? 그렇게 되면 어차피 통역이 정확했어도 달라질 건 없으니까?)

도화는 동요 없이 답했다.

"हजूर, हो." (맞아요. 그랬을 겁니다.)

"म त्यो दिन त्यसतो क्रूरतापूर्ण दृश्य देख्न चाहन्नथेँ। तर देख्नैपर्ने अवस्था भयो." (나는 그날 그런 잔인한 걸 보고 싶지 않았어요. 그런데 볼 수밖에 없었어요.)

'볼 수밖에 없었다?' 도화가 황당하게 쳐다보자, 그녀는 자신의 이마에 난 벌어진 상처를 손가락으로 짚으며 말했다.

"खुलेकोले." (열렸으니까.)

"तपाईंको निधारमै आँखा छ भनेर तपाईंले भन्न खोज्नुभएको हो?" (이마에 눈이라도 달렸다는 건가요?)

"देवीको आँखा खुला थियो." (여신이 눈을 뜨고 있었어요.)

"देवी……?" (여신……?)

그녀가 우아하게 말했다.

"म देवी थिएँ। पहिलो महिनावरी सुरु हुँदा देवी मेरो शरीर छोडेर गइन्। अनि म देवीको आसनबाट तल झरेँ। तर अचानक देवी फरिर्ता आइन्। म चाहन्नथेँ। तर मसँग पनि उपाय थिएन। म पागल भएँ होला?" (난 여신이

었어요. 첫 월경이 터졌을 때 여신이 내 몸을 떠났죠. 그리고 난 여신의 자리에서 내려왔어요. 그런데 갑자기 여신이 다시 돌아왔어요. 난 원하지 않았어요. 나도 어쩔 수 없었어요. 내가 미쳤을까요?)

도화가 당황스레 그녀를 바라보다 버벅댔다.

"त्यो पुतलीको कुरा के हो? कनि मलाई पुतलीको कुरा गर्नुभयो?" (나비는요? 왜 나한테 나비 이야기를 했죠?)

"खै थाह छैन। मलाई पनि।" (몰라요. 나도.)

"तपाईं आफैँले भन्नुभएको थियो नि बैजनी पुतलीलाई पछ्याउनुपर्छ भनेर।" (본인 입으로 말했잖아요. 보라색 나비를 쫓아가라고.)

도화가 흥분해서 한국말이 튀어나왔다.

"그걸 쫓다 보니, 전미령이 나왔다고. 죽은 전미령이!"

그녀가 온화하게 묘한 미소를 지으며 도화를 보았다.

"कसले भनेको होला? तपाईंलाई त्यो सुन्न योग्यता छ त?" (누가 말했을까? 당신은 들을 자격이 될까요?)

섬뜩함에 머뭇거리던 도화가 겨우 버티며 물었다.

"त्यसो भए, समुद्रमा जान चाहन्छु भन्ने कुरा चाहिँ कसले भनेको हो?" (그럼, 바다에 가고 싶다는 건 누가 한 말인가요?)

차미바트가 자신을 삼인칭으로 지칭했다.

"उहाँले हो।" (그녀입니다.)

교도관이 접견 시간이 끝났음을 알리고 그녀를 일으켜 세

1장 미친 여자와 보라색 나비

웠다. 차미바트가 절룩거리며 걸었다. 도화는 중력에 익숙하지 않은 듯한 그 어설픈 걸음걸이를 바라보다, 그녀의 성씨가 '샤키야'라는 것이 떠올랐다. 네팔에선 성씨가 카스트 계급과 민족을 연상시킨다. 이어, 샤키야족 여자아이가 로열 쿠마리로 선택된다는 오래된 기억이 유물처럼 발굴되었다.

쿠마리는 네팔에서 가장 강력하고 대중적인 여신이다. 아이 때 여신으로 발탁되면 땅을 밟지 않고 가마를 타거나 업혀 다닌다. 그래서 간혹 인간으로 돌아왔을 때는 다리 근육이 빠져 잘 걷기 어려운 경우도 있다.

도화는 오피스텔 붙박이장에서 먼지가 폴폴 나는 상자를 꺼내 쏟아냈다. 정돈되지 않고 처박아둔 사진 등이 우수수 바닥으로 토해졌다. 그중 네팔에선 흔한 관광 엽서가 보였다. 빨간 입술에 갈색 피부, 붉은 비단옷과 검은 눈동자, 과하게 칠한 검은 아이라인, 신비한 분위기의 어린 소녀가 엽서의 주인공이었다. 만약 도화가 네팔에서 거주한 적이 없었다면, '자신이 여신이었다'라는 말이 그냥 미친 소리로 들렸을 것이다. 하지만 네팔에서 온갖 네팔리들과 부대끼며 긴 세월을 보낸 도화에겐 진지하게 들렸다. 차미바트는 자신이 한때 쿠마리였다고 말한 것이었다. '첫 월경이 터졌을 때, 신의 자리에서 내려왔다'라는 대목에서 도화는 눈치챘다. 네팔에는 자신이 신이니 여신이니 주장하는 사람이 많지만, 국가 제도로 정착해 현존하는 여신은 쿠마리뿐이다.

여자아이가 여신이 되려면, 머리카락과 눈동자는 검어야 하고 치아는 틈이 없이 고르며 몸에 흉터가 없어야 한다. 속눈썹은 송아지 같고, 허벅지는 사슴, 가슴은 사자, 몸통은 보리수나무 같아야 한다. 이런 여자아이를 찾으면 다음엔 시험이 기다리고 있다. 빛을 모두 차단하고 염소 등의 동물 사체를 놓아둔 방에서 하루를 지낸다. 피 냄새가 진동하고 깜깜한 공간에 갇혀 하루를 지내도 무서워 울거나 소리를 지르지 않으면 여신의 자리에 오른다. 최종적으로 쿠마리가 되면 네팔의 공주와 같은 대접을 받고, 국왕이 제일 먼저 달려와 무릎을 꿇고 축복한다. 쿠마리는 두려움과 슬픔, 기쁨 등의 속세적 감정을 겉으로 표현하면 안 된다. 쿠마리가 노출하는 표정 하나하나 어떤 상징이자 징조로 읽히기 때문이다. 첫 월경이 시작되고, 여신의 자리에서 내려오면 곧장 사람이 된다. 그리고 다음 쿠마리가 될 여자아이를 찾는다. 다시 사람으로 돌아온 쿠마리는 평범하게 살기 어렵다. 쿠마리였던 여자와 결혼하면 불행하다는 미신도 한몫했다. 그래서 가난한 집안 여자아이가 여신의 자리에서 내려와 사람이 되면 인생이 꼬이는 경우도 종종 있다. 갑자기 사람으로 살아야 하는데, 여신이 퇴직하고 연금을 주는 제도적 변화는 최근에야 생겼다.

도화는 카트만두에 살던 시절에 쿠마리 행차를 몇 번 보았다. 도시의 소음에 둥둥—북소리와 징징—징 소리가 섞여 들리면, 화려한 꽃가마를 탄 쿠마리가 행차를 알리는 신호에 인파들이 물결을 가르듯 순식간에 텅 빈 길을 만들어냈다. 그리고 일제히 무릎을 꿇고 경외를 표했다. 하지만 도화가 보기에는, 여신은 여자아이일 뿐이었다. 신이라 땅을 밟으면 안 된다며, 자기 발로 걸을 수 없는 불합리한 규칙의 세계에 갇힌 아이. 그래서 도화는 쿠마리의 행차에 무릎을 꿇어본 적이 없었다. 단 한 번 위스키에 취해서 휘청거리다가 중심을 잃고 주저앉은 적은 있지만.

도화는 차미바트의 외모가 쿠마리의 조건과 닮았다고 느꼈다. 엽서 사진 속 쿠마리의 이마를 보았다. 지혜의 눈이 그려져 있다. 네팔리라면 그 눈이 영적인 '제3의 눈'이라는 걸 안다. 도화는 그 눈이 현실 세계에서 떠진다곤 상상해본 적이 없었다. 엽서를 책상 옆에 둔 채 녹취를 풀고 번역했던 법정 노트를 다시 펼쳤다.

—의식을 잃었고, 눈을 떠보니 낯선 집이었습니다.

—일어나 보니 남녀가 죽어 있었습니다.

—나는 목격한 걸 재연했을 뿐입니다.

펜을 들어,

—나는 목격한 걸 재연했을 뿐입니다.

라는 문장에 '나는'을 지우고 '제3의 눈'으로 바꿨다. 이러면 차미바트의 두 눈이 감겨 있다고 해도, 제3의 눈은 뜨고 있던 게 된다. 즉, 제3의 눈이 목격자가 된다. 도화는 사건의 순서를 그녀의 증언대로 되새겨보며 새롭게 메모를 추가했다.

─차미바트는 기절했지만 이마 중앙에 살갗이 찢어지며 제3의 눈이 떠졌다. 즉, 여신이 봤다. 여신은 목격한 걸 차미바트의 뇌 속 해마에 새겼다. 그래서 차미바트는 살해 현장을 생생히 기억하게 됐다.

도화는 펜을 내려놓고 자신이 적은 메모를 고요히 바라봤다. 이러면 차미바트의 말이 맥락은 맞았다. 하지만 현실 가능성은? 스마트폰을 들어 타멜에게 전화를 걸었다.

"나올래? 갑자기 달밧이 땡기네."

'리틀포카라'는 방파제 앞에 있었다. 10평 남짓하는 작은 가게지만, 야외 테이블이 두 개 있었다. 도화가 타멜을 기다리며 고르카 맥주를 먼저 주문했다. 코피가 뚝뚝 떨어졌다. 도화가 한 손으로 코를 막고 다른 한 손으로 휴지를 더듬거리며 찾았다. 그때 헬멧을 쓴 남자가 도화에게 휴지를 뽑아 건넸다. 헬멧을 벗으니 타멜이 모습을 드러냈다.

"갑자기 네팔 생각나? 뭔 달밧을 사 준다고."

도화가 휴지를 말아 콧구멍에 꽂고 쿠마리 엽서를 타멜에게 건넸다.

"여신님이네."

"만약 이 여신이 대한민국 교도소에 있다면?"

타멜이 노골적으로 불편한 표정을 지었다.

"왜 이래? 달밧 맛 떨어지게."

"참 애국심 있다, 너."

"누님, 네팔에는 사람 수보다 신의 수가 많아. 그만큼 자기가 신이니 여신이니 하는 인간들도 많고."

달밧이 나왔다. 도화는 달(Dal)을 먼저 후루룩 마시듯 먹었다. 렌틸콩수프에 각종 허브와 향신료를 섞어 낯설지만 익숙한 맛이 났다. 위가 따뜻해지자, 도화는 엽서 사진 속 이마에 그려진 눈을 가리켰다.

"이마에 붙은 이 눈. 지혜의 눈이라고 부르는."

"언제 어디서든 내가 눈을 뜨든 감든…… 다 보고 계시지. 그런데 누님, 갑자기 이걸 왜 물어?"

"너 이 눈 본 적 있어?"

타멜이 자기 엄지에 침을 묻히더니 도화의 이마에 찍― 찍었다.

"이제 누나 이마에도 눈깔 생겼네. 크크."

타멜의 장난에도 도화는 진지했다.

"만약에 말이야. 그 눈으로 이 세상을 본다면 어떻게 보일까? 우리가 보는 것처럼 똑같이 보일까? 종마다 보는 차원이 다르대. 예를 들어, 고양이가 나와 같은 공간을 보고 있어도 보는 세계는 다른 거야. 하물며, 지혜의 눈이 보는 차원이라면?"

타멜이 달밧을 손으로 야무지게 먹으며 입을 오물거리다 말했다.

"왜 그런 걸 물어?"

"내가 통역한 피고인이 파란 남자를 목격했대. 파란 옷을 입은 게 아니라, 파란 난쟁이를 봤다고 해."

"누님 오늘 엄청 영적이다."

"학교에서 힌두 경전 안 배우니?"

"21세기에? 우리도 진화론 배우거든. 요즘 왜 그래? 어디 점 봐야 될 일 있어?"

도화는 자신의 상황을 말할 순 없었다. 타멜까지 구렁텅이일지도 모르는 곳에 꼬이게 하고 싶진 않았다. 그때 스마트폰 벨이 요란하게 울렸다. 액정에 '구재만 변호사'라는 글씨가 떴다. 도화가 전화를 받자, 끈적하게 차분한 목소리가 들려왔다.

"통역사님, 안녕하세요. 곧 판결일이니 안부 전화 해봤어요. 날짜와 시간, 기억하고 계시죠?"

"그럼요."

"아! 캐리어 챙겨 오시고요."

"그러죠."

전화를 끊고, 도화는 테이블 위에 놓인 쿠마리 엽서에 시선이 닿았다. 여신의 두 눈에 검은 눈물이 흘렀다. 도화가 화들짝 놀라 눈을 비비고 다시 보니, 여신의 눈에는 검은 눈물 자국만 번져 있었다.

"누님!"

타멜이 넋 놓은 도화를 크게 불러 정신을 깨웠다.

"어?"

"누구야? 아까?"

"아냐."

"슬쩍 보니, 변호사라고 뜨던데."

"별거 아니라고."

"누나 엄청 지쳐 보여. 이상한 말도 하고. 수술 잘되면 뭐 해. 편하게 쉬질 못했잖아. 어디 좀 떠나면 어때? 내가 돈 보낼게. 법정 통역이든 마트 일이든 잠깐 접어."

"내가 니 돈 받을 거 같냐?"

타멜이 배시시 웃었다.

"많은 네팔리가 평생 바다 한 번 못 봐. 난 무려 해양학과잖아. 그리고 바다 앞에 살고. 나 엄청 부자야."

달밧을 깨끗이 비운 후 타멜은 밤 근무로 먼저 일어났다. 다시 혼자가 되자, 도화는 노트를 펼쳤다. 펜을 들고 그간의 동선을 복기했다. 차미바트의 말을 듣고 보라색 나비를 쫓다 보니 보라나비연대에 가게 되었다. 거기서 전미령의 죽음이 겹쳤다. 차미바트는 파란 남자가 죽였다고 했다. 도화는 막막해졌다. 다시 맨 앞 페이지를 펼쳤다. 번역된 문장이 보였다.

―눈을 떠보니 낯선 집이었습니다.

한참 그 문장을 바라보는데, 연기 냄새가 코를 찔렀다. 테이블 위 엽서에 불이 붙어 타오르고 있었다.

"으악!"

도화가 황급히 물을 부었다. 식당 내 모두가 황당하게 도화의 테이블을 바라봤다. 그 불씨가 어디서 온 것이냐는 듯. 엽서 속 쿠마리 여신은 반쯤 타버렸다.

불현듯 얼마 전 꿨던 꿈이 떠올랐다. 불타고 있는 그 낯선 집.

황정수와 전미령의 집도 다 불탔다. 사건이 시작된 그 집에서 이 불씨가 날아오기라도 한 걸까.

도화는 초대에 응하기로 했다. 마티즈에 올라타 스마트폰으로 차미바트 영상을 뒤졌다. 현장 검증을 마치고 나오는 영상에서 주택을 주목했다. 뉴스에선 이 사건을 창주 민읍면에서 일어났다고 보도했었다. 구글 스트리트 뷰를 보며 주택의 위치를 파악했다. 오래된 구옥이 밀집된 지점이었다. 영상 속 주택 맞은편엔 간판이 보였다. 확대해 보니 흐려진 픽셀에 '복권&인형 뽑기' 간판이 보였다. 지도 앱의 경로 버튼을 누르자 목적지가 설정됐다. 스포티파이 앱을 열어 도화의 머릿속만큼이나 종잡을 수 없는 플레이리스트는 건너뛰고 더 클래시의 〈런던 콜링(London Calling)〉을 재생했다. 노래가 흐르자, 어릴 적 놀이동산의 귀신의 집으로 들어갈 때면 커지던 심장 박동 소리 같은 비트가 차 안에 가득 찼다. 앨범의 마지막 트랙에 다다랐을 때 마티즈는 을씨년스러운 2층짜리 구옥 앞에 멈췄다. 맞은편에서 복권&인형 뽑기 24시 무인 가게 간판의 파란빛이 간헐적으로 떨리고 있었다. 도화가 운전석에서 내렸다. 동네는 소멸 도시처럼 적막했다. 이 지역에 재개발 이슈가 있다는 이야기는 들어본 적이 없었다. 그렇지도 않은데, 왜 이리 많은 사람이 떠났을까. 잠시 궁금증은 접어두고 도화는 흐느적거리는 경찰 통제선을 가볍게 넘어 현관 문고리를 잡아 돌렸다. 걸쇠의 걸림 없이 문이 또깍 소리를 내며 열렸다. 겨울 같은 한기가 느껴져 도화의 피부 솜털이 끝까지 바짝 섰다. 바닥을 내려다보니, 현장 검증과 범죄 클리닝을 마친 상태라 두 구의 시체 윤곽선을 제외하곤 검은 눈처럼 재만 소복이 쌓여 있었다. 서재로 향하는 걸음걸음, 재가 허공에 옅게 날렸다. 책상 위의 컴퓨터 하드디스크 등은 이미 흔적 없이 정리됐다. 바닥에 떨어져 있는 그을린 서류함의 파일명 글귀가 보였다. '방폐장'. 도화가 서류함 안을 보았지만 텅 비어 있었다. 어디선가 들어오는 바람에 문이 쾅! 닫

헸다. 스산하게 움츠리는데 문 뒤에 그려진 창주 지도가 보였다. 서포읍, 민읍면, 해야면 지역에만 동그라미가 쳐져 있었다. 손으로 그린 그 지도를 한참 바라보았다. 자신이 사는 동네의 지도를 집 안에 붙여두는 이유는 무엇일까. 이 지도가 묘해서 도화는 스마트폰 카메라로 사진을 찍었다.

2층으로 시선을 돌리려는데, 둥— 둥— 둥— 멀리서 울리는 낮은 북소리가 들리더니 징— 징— 징— 징 소리가 뒤섞이며 저음에 슬프고 서늘한 음을 이뤘다. 얼어붙은 도화가 겨우 문고리를 잡아 획 열자, 순식간에 붉은 치맛자락이 스쳐 지나갔다. 긴장한 발걸음으로 저벅저벅 거실로 나가자 붉은색 비단옷을 입은 몸이 바닥에 바짝 엎드려 머리를 박고 어깨를 들썩거렸다. 도화는 얼어버린 채로 눈을 감아버렸다. 잠시 후 서서히 눈을 뜨자, 붉은 등 자락은 사라지고 없었다.

밖으로 뛰쳐나와 마티즈에 올라도 여전히 한기가 몸에 서려 있었다. 집에서 다소 독특해 보였던 건, 서류함이 많고 지금은 모두 비워졌다는 것. 그리고 서포읍, 민읍면, 해야면만 동그라미 쳐진 동네 지도. 왜 그 세 지역만 체크했을까. 도화는 문득 보라나비연대에서 작성했던 설문지 문항이 뇌리에 스쳤다.

—당신은 서포읍, 민읍면, 해야면에 살고 있습니까?

도화는 이 세 지역을 검색해보았다. 반복적으로 등장하는 키워드가 있었다.

―부동산값 폭락

―재건축 무산

―미분양 속출

―6년 전

기사 표제를 검색하면, '지워진 페이지입니다'라는 에러 문구가 떴다. 도화는 창 너머로 이 동네를 보았다. 빈집들이 불쾌하게 침묵하고 있었다.

※

도화가 마트에서 제일 좋아하는 공간은 VIP 와인 창고다. 최고급 와인을 찾는 손님을 안내하는 곳. 어둑하고 시원한 내부에는 고급 와인들이 진열돼 있었다. 바닥에 주저앉아 편의점 도시락을 안주 삼으며 남은 시음용 와인을 마셨다. 옆에서 와인 품종을 암기하던 수희가 의문스러운 눈초리로 도화의 옆얼굴을 보았다.

"너, 뭔 생각을 그리해? 밥알이나 잘 씹고 삼켜."

도화가 밥을 꿀꺽 넘기고 문득 물었다.

"언니, 해야면 살지?"

"응."

"얼마나 됐어?"

"6년 정도."

"거기 갑자기 싸졌나? 부동산값이 왜 폭락하지?"

"너 그때 네팔에 있었나?"

"응. 난 2, 30대 대부분을 네팔에서 보냈어."

"그래서 모르는구나. 당시 서포읍, 민읍면, 해야면이 같이 폭락했지."

"왜?"

"그때 방폐장의 시설 관리 이슈가 있었어. 그게 부동산에 영향을 줬지. 그래서 시위도 했었어. 부동산 가격 떨어진 거 보상하라고. 지금이야 잠잠해진 거지."

"방폐장 완공된 건 20년도 더 전인데, 왜 그때 갑자기 그런 이슈가 터졌지? 그리고 왜 하필 서포읍, 민읍면, 해야면만 폭락하냐는 거야. 방폐장 근처로 두후리, 곡리, 유주리…… 이런 곳이 둘러 있잖아."

수희가 단호한 표정으로 도화를 바라봤다.

"장도화 너, 집 옮길 돈 있어?"

"그걸 왜 물어?"

"없으면…… 묻지 말고, 살아. 더는 알아보지 말고."

"왜?"

"알려고 하면 할수록, 못 살아."

수희의 목소리에선 어떤 포기가 느껴졌지만, 캐묻기 전에 바깥에서 손님 소리가 들려왔다.

"내가 갈게."

"응."

수희가 나가고, 도화는 스마트폰으로 검색했다. 이번엔

―서포읍, 민읍면, 해야면

과 함께

―방폐장

을 연관 검색했다. 방폐장이 '방사능 폐기 시설'이라는 건 도화도 알고 있다. 특히 요즘은 여기저기 제2방폐장 설립에 대한 플래카드가 걸려 있어 더 익숙해졌다. 혐오 시설이라는 의견과 지역 발전에 도움이 된다는 의견이 격하게 충돌하고 있었다. 하지만 도화는 자기 삶과는 연관 지어본 적이 없었다.

'창주' 그리고 '방폐장'에 관련된 표제로 여러 기사가 나왔다. 기사를 쓴 기자 중에 낯익은 이름이 보였다.

―황정수 기자

도화는 '그 이름'의 등장에 잠시 멈칫했다. 그가 '그' 황정수인가? 인과가 있어 보였다. 그 집의 그을린 서류함에서 보았던 '방폐장'이란 글씨가 겹쳤다. 《창주저널》의 황정수가 쓴 방폐장 기사들은 한결같이 '이래저래 이유가 어쨌든 안전하다'

라는 논조였다. 그리도 지역 내 핵폐기물을 둘러싼 찬반 의견이 있는데, 방폐장의 장점만 강조하는 기사라니. 원자력 발전소의 홍보 기자가 썼다고 해도 믿을 수준이었다. 딱 5년 전까지의 기사들이었고, 그 후에는 그의 어떤 기사도 찾아볼 수 없었다. 그 시점에 《창주저널》을 퇴직한 걸까. 그는 웹상에서 흔적도 없이 사라진 것 같았다. 검색창을 뒤적이는 걸로는 한계가 왔다.

도화는 오전 근무를 마친 후 창주도서관으로 직행했다. 고등학교 때 지리 시간을 좋아했고, 새로운 나라와 새로운 동네의 지도를 보며 들뜨곤 했다. 하지만 '내가 사는 동네와 그 주변'을 찾아본 적은 없었다. 보라색 나비를 쫓아다니며 도화는 자신이 살아가는 곳이 궁금해지고 있었다.

도서관에 도착해 자료 목록들을 찾은 후 자리를 잡았다. 수희의 말의 뉘앙스로 보면 6년 전에 창주 안에 어떤 이슈가 있었다. 하지만 웹상에서는 당시의 게시물들이 사라진 상태였다. 하지만 한번 도서관에 들어온 자료는 영구 보존이란 대전제가 있어 잘 사라지지 않는다. 도화는 '창주 지리', '창주 측량도', '창주 시공자료' 등 시에서 발행한 창주 지역 관련 책자들을 잔뜩 쌓아놓고 한 장씩 넘기기 시작했다.

한참을 자료에 파묻혀 있던 도화의 시선이 '상수 관리'에서 멈췄다. 서포읍, 민읍면, 해야면이 같은 상수원 시설로 묶여 있었다. 이용하는 총인구는 16,000명이었다.

다른 자료를 찾아야 했다. 서포읍, 민읍면, 해야면이 하나의 상수원 시설로 묶인 게 부동산 이슈로 이어진 원인은 무엇인가. 이 답을 얻으려 도서관 내 논문과 기사를 찾았다. 흩어진 이야기를 종합하면, 세 지역의 상수원 시설로 방폐장 쪽 지하수가 흘러들어 왔다. 도화는 매일 쓰는 자신의 정수기가 떠올랐다. 주변 온도가 급격히 떨어진 듯 서늘했다. 탑건 오피스텔 건물엔 총 200세대가 산다. 그들 모두가 같은 물을 쓰지만, 대부분 무탈하게 살고 있다. 적어도 보기엔 그랬다. 도화는 자신이 지나치게 예민할 수 있다는 전제를 놓치지 않았다. 그러자 보라나비연대에서 했던 설문지가 떠올랐다. 고개를 들어 창 너머를 보니, 하늘이 붉어지고 있었다. 사람들도 하나둘씩 자리를 떴다. 도화도 자료를 정리하고 도서관 주차장으로 향했다. 이 하루가 다 지나가기 전에 묻고 싶은 게 생겼다.

도화는 보라나비연대 건물 앞에 꼿꼿이 서 있었다. 삼삼오오 퇴근하는 사람들 사이로 한 이사가 보였다.

"안녕하세요. 잠깐 이야기를 나눌 수 있을까요?"

한 이사가 난감하게 도화를 바라봤다.

"무슨 일로……요?"

"그날 다 못 여쭸던 게 있어서요. 설문지에 대해서요. 서서도 괜찮으니 잠깐이면 됩니다."

한 이사가 건물 뒤를 손짓하며 도화를 안내했다. 그곳엔 작은 벤치와 오래돼 누리끼리한 자판기가 있었다.

"뭐 드실래요? 이 자판기 덕에 동전도 가지고 다녀요. 맛이 꽤 좋거든요."

"이사님과 같은 걸로 할게요."

한 이사가 율무차를 뽑아 도화에게 건넸다.

"바로 말씀하시죠."

"그 설문지 말입니다. 저, 서포읍에 살거든요. 의문이 제기된 상수원 시설 지역에 거주하는 사람 중 갑상선암에 걸린 여자. 그게 대상자였던 거죠?"

한 이사가 뒷주머니에서 담배를 꺼내 물고 불을 붙였다.

"맞습니다. 전미령 팀장이 환우들을 만나는 일을 했는데 해당 지역 여성 중에 물을 의심하는 경우가 있었어요. 몸에 병이 나면 무엇이든 다 의심하게 돼 있지만, 그 지역은 의심할 시설이 딱 떠오르는 곳이니까요."

그 시설이란 '방폐장'을 말하는 것이었다.

"상수원 시설을 방폐장 지하수랑 연관 지을 수 있다고 보시나요?"

"공수원은 방폐장에서 오염수가 절대 지하수로 새어 나올 리 없다고 말하죠. 하지만 전 팀장은 애초에 믿지 않았어요. 그래서 일말의 의심을 품은 이들에게 설문지를 돌리고 그 결과를 모은 후 공수원 쪽에 문제를 제기하려고 했죠. 물론 계란으로 바위 치기지만. 전 팀장은 공격적인 편이었어요. 뭐, 그럴 수밖에 없었죠."

"왜요?"

"전 팀장에게 어린 아들이 있었는데, 급성 백혈병으로 떠났거든요. 그 후엔 공기업 다니다가 여기로 이직했어요. 팀장도 막연히 물을 의심했던 거 같아요."

"지하수로 오염수가 흘렀다는 의심?"

"네, 하지만 그건 추측일 뿐입니다. 연구팀을 꾸려 정밀한 결과를 도출해야 알 수 있는 문제죠. 그 지역 주민들 숫자만……."

"16,000명이죠."

도화는 자기가 그 숫자에 포함된다고 덧붙이려다 말았다. 한 이사는 폐 끝까지 담배 연기를 흡수하곤 길게 훅 뱉었다.

"담배 한 개비 피우는 게 방사능에 약간 노출된 것보다 더 나쁠까요?"

"글쎄요."

"방사능 노출 우려에 대한 예를 들 때 늘 담배가 나와요.

담배를 얼마나 피웠느냐와 방사성 물질 피폭 정도엔 어떤 차이가 있을까? 늘 결론은 담배가 더 나쁘다죠."

"과하게 치우친 의견 아닌가요?"

"그런데…… 바로 그런 기사를 전미령 팀장 동거인이 썼거든요."

황정수를 말하는 것이었다.

"정말…… 기자……였군요……."

이제, 황정수가 '그' 기자라는 건 확실해졌다.

"고인에겐 죄송하지만, 황정수가 원망스러워요. 지저분한 바람을 피워서 이렇게 된 거잖아요. 창주 바닥에서 유명한 기레기 새끼가…… 역시 사람은 고쳐 쓰는 게 아닌가 봅니다."

《창주저널》 기사를 쓴 그 시절의 황정수는 누군가에겐 기레기였다.

"두 분은 사실혼 관계였나요?"

"네, 아들이 죽은 후 전 팀장은 다시 결혼할 생각이 없었어요. 그치만 뭐…… 남녀 관계를 어찌 알겠어요."

한 이사가 담뱃재를 털어내며 말을 이었다.

"설문지가 다 수거되진 않았지만, 조사를 멈출 거예요. 있던 설문도 다 폐기될 겁니다. 전 팀장만큼 이 전수 조사에 의욕이 있던 사람도 없고, 위에서는 파도 답이 없는 이야기라고 생각해요. 그래도 설문 참여해주셔서 감사했습니다."

도화가 다음 말을 찾을 수 없어, 꾸벅 인사만 했다. 한 이사가 인사한 후 돌아서자, 도화는 식은 율무차를 끝까지 마신 후 전당포로 발걸음을 옮겼다.

입구에 들어서자, 마감 시간인지 전당포 주인이 카운터를 정리 중이었다.

"루비 반지 팔렸나요?"

"응. 또 팔 거 있어?"

"그건 아니고요. 저 궁금한 게 있어서요."

"뭔데."

"혹시 요새 이 동네…… 안 팔던 거 많이 내놓나요?"

"맞아. 아무리 경기가 안 좋아도 돌 반지, 결혼반지…… 이 중 하나는 남겨두려고 하는데 깡그리 가져오는 집이 많아졌어. 버티다 버티다…… 거기까지인 거지."

전당포 주인에겐 사람들이 가져오는 물건들이 경기를 체감하는 방식이었지만, 도화에겐 막연한 말일 뿐이었다.

"최근 1, 2년 사이에는 어떠세요?"

"나는 좋은 거 같기도 하고…… 이것저것 좋은 물건 가져오는 손님이 많아지니까."

"장부 정리는 안 하세요?"

"그런 걸 내가 왜 해? 머리 아프게……."

"그러게요."

방폐장과 연관된 일이라면, 최근 들어 긴 시간 신체에 누적된 것들이 바깥으로 드러날 가능성이 높지 않을까.

평소 방판은 질색이었지만, 몇 달 전 그날은 판매원이 적시에 문을 두드렸다. 그는 이 동네를 위주로 돌고 있다며 자신도 이 서포읍에 살고 있고 그 밖에 구구절절한 구슬픈 사정을 늘어놓기도 했다. 당시엔 그 사정이 딱해 결국 덜컥 정수기를 사버렸다. 집으로 돌아오는 길에 도화는 암 환자용 정수기를 구매했던 방문 판매원에게 전화를 걸었다. 통화 연결음이 한 번 울리고 바로 과한 고음의 중년 여성의 목소리가 들려왔다.

"네, 고객님, 어찌 지내셨어요?"

"네네. 다름 아니라…… 궁금한 게 있어서요."

"예."

"왜 그때…… 이 동네 위주로 방판 하신 거예요?"

"그거야, 잘 팔릴 거 같으니까요. 호호호."

도화가 낮게 목소리 톤을 깔고, "왜요? 정보의 출처가 어디죠?"라고 되묻자 스마트폰 너머에서 침을 삼키는 소리가 들려왔다.

"방판도 네트워크가 있거든요. 이게 딱 수치로 보이는 통계는 아닌데, 어떤 제품이 특정 지역에 먹힐 거라는 정보가 공유되는 거예요."

"암 환자용 정수기가 이 동네에서 먹힐 거다?"

"그렇죠. 고객님, 더 하시고 싶은 말씀이 있을까요?"

"아닙니다."

"네, 그럼 언제든 필요한 거 있음 연락 주세요."

뚝 끊긴 스마트폰을 들고, 도화는 멈춰 서서 동네를 둘러봤다. 이 땅 아래에서는 무슨 일이 일어나고 있는 걸까.

오피스텔에 돌아와 암 환자용 정수기로 머그잔에 물을 가득 받아 약을 들이켰을 때, 도화는 반사적으로 개수대에 확! 물을 뱉어버리고 말았다. 멍하니 한참을 개수대 앞에 서 있던 도화가 어딘가로 전화를 걸었다. 나른한 수희의 목소리가 들렸다.

"응, 이 밤에 웬일?"

"잠깐 통화 가능해?"

"응. 말해."

"낮에 언니가 했던 말. 알려고 하면 할수록 못 산다는 말."

"응."

"방폐장 때문인 거지?"

전화 너머에서 작고 깊은 한숨이 들려왔다.

"맞아."

"별일 없는 거 맞아?"

"아무한테도 말하지 말아줄래?"

"그래."

"우리 딸 아파. 골수 이식이 필요한 상황이야."

도화는 자료를 찾던 중에 보았던 '방사능은 세포가 어릴수록 더 잘 흡착된다'라는 정보가 떠올랐다.

"언제부터?"

"반년 됐어."

잠시 슬픔의 침묵이 흘렀다. 어쩌면 도화도 알 수 있는 변화가 있었다. 수희가 돈 한 푼에 예민해진 것, 투잡을 뛴다는 말, 훅훅 터지는 혼잣말 같은 한숨과 비상구 계단에서 막막하게 훌쩍이던 모습들. 왜 예상하지 못했을까. 어쩌면 자신의 불행에 집착하는 동안 옆을 볼 힘을 잃었는지 모른다. 도화의 손이 부들부들 떨렸다.

"몰랐네. 정말 미안해. 정말……."

도화는 온 힘을 다해 사과하고 위로하고 싶었다.

"네가 미안할 일이 아니지. 딸 태어나고 큰 집으로 옮긴다고 싼 곳으로 갔지. 그게 후회된다."

다시 긴 침묵이 이어지다가 수희가 그만 끊자고 했다. 그렇게 전화를 끊고 도화는 옆에 놓인 메모지를 끄적이기 시작했다.

―해야면, 수희 언니 딸
―민읍면, 전미령 아들
―서포읍, 나

도화는 '나'라는 글씨를 오랫동안 바라보았다. 보라색 나비를 쫓다 만난 건, 그 무엇보다 마주하기 싫었던 자기 자신이었다.

차미바트의 판결 선고일 날이 되어서야 도화는 집 밖으로 나왔다. 며칠 동안 온갖 자료와 책들에 파묻혀 있었다. 원전(原電)과 폐기물, 그리고 그 주위에 사는 사람들에 관한 각종 자료를 산발적으로 보았다. 단기간에 정보를 습득하기에는 단순하지 않았다. 이 거대한 기계 덩어리는 매일 썩지 않는 똥을 쌌다. 이 독 똥을 처리할 기술이 현 인류에겐 없다. 그래서 사라지지 않고 계속 쌓여만 간다. 원전이 세워지면, 어떤 식으로든 주변 동네의 운명도 함께 휘말린다. 마치 태풍의 눈 안에서 사는 것과 마찬가지다. 그러다가 그중 누군가에게 불운이 와도 연관성을 증명하는 건 불가능에 가깝다.

도화가 다가갈 수 있는 정보의 양은 고작 여기까지였다. 이 문제는 아무리 읽고 발언하고 토론해도 답이 나올 수 없는 지독히 사악한 유라는 건 파악했다. 불쾌한 체념을 느끼며 읽던 모든 자료를 덮었다.

바깥으로 나왔을 때 오피스텔 건물 앞에 펄럭이는 플래카드가 보였다.

제2방폐장 건립 주민 투표에 참석하세요! 여러분의 한 표가 마을의 미래를 바꿉니다.
투표 장소와 일시: 창주 하원초등학교 대강당, 8월 29일 오전 8시~오후 6시

몇 달 전부터 쭉 걸려 있었지만, 이젠 다른 존재감으로 다가왔다. 처음에는 제2임시저장소로 홍보하다가, 제대로 이름을 표기하라는 몇몇 시민 단체의 요구에 제2방폐장으로 바뀠지만, 여전히 '고준위'라는 단어는 노골적으로 빠져 있었다. 도화는 주머니에 두 손을 꽂은 채 플래카드를 한참 노려보다가, 집으로 돌아와 500밀리리터 생수병에 수돗물을 가득 담아 마티즈에 올라탔다.

하원초등학교 운동장에 차를 주차하고 대강당으로 들어갔다. 참석자는 대부분이 노년층이었다. 강당 입구에 들어서자, "창주시를 위해 반대표를 던져주세요!"라고 외치는 무리가 보였다. 앞에는 투표함이, 뒤로는 의자들이 100여 개가 배치돼 있었다. 강당 무대 중앙에 교탁이 보였다. 도화는 교탁

위에 가져온 생수병을 올려두고 내려와 구석 자리에 앉았다. 듬성듬성 사람들이 앉기 시작했다. 맨 앞줄에 앉아 있던 창주 부시장이 방청석이 다 차기도 전에 무대 위로 올라가 교탁 마이크에 대고 말했다.

"시간이 다 되었네요. 이제부터 제2방폐장 건립에 대한 주민 찬반 투표를 진행하겠습니다. 진행하기에 앞서 우리 지역의 중요한 선택을 가르는 주민 투표인 만큼, 시민 대표들의 발언을 들어보는 시간을 가지겠습니다."

희끗희끗한 머리에 곱게 늙은 신사가 특유의 무게감으로 연단에 올라 마이크를 잡았다.

"안녕하세요. 저는 천백우라고 합니다. 창주는 제 어릴 때보다 인구가 많이 줄었어요. 일자리도 없고 먹고살 길이 없어서 다 나간 겁니다. 곧 인구 소멸 지역이 될지도 모릅니다. 내 고향이 그리되는 꼴은 보기 싫네요."

앞에서 연신 끄덕이는 노인을 향해 천백우는 더 힘주어 말을 이었다.

"우리 송 어르신 따님 취업했습니다. 방폐장 홍보관으로요. 그거 하나 더 지으면, 어떻겠습니까? 우리 자식들 취업률 100퍼센트! 여기서 할 수 있어요. 아무리 정권 바뀌어도 원전 돌아가는 동안은 방폐장 있어야 해요. 폐기물을 버려야 할 곳이 있어야 할 거 아닙니까? 나쁘다고? 내가 볼 땐 마르지 않는

샘이에요. 한번 유치하면, 계속 일자리가 생깁니다. 거기에 정부에서 돈까지 팍팍 준다고 보장합니다. 최고 고용을 창출할 굴지의 기업이 되는 겁니다."

열정적인 박수를 치는 소수의 바람잡이들 속에 얼떨결에 같이 박수를 치는 사람들도 보였다. 그때 도화가 흐름을 깨며 툭 말을 던졌다.

"창주가 무슨 기업인가."

혼잣말이라고 하기엔 목소리가 컸다. 천백우는 다시 시선을 끌려고 웅변하듯 외쳤다.

"이 투표 왜 시작했습니까? 탈핵 단체니 뭐니 하는 곳이 방폐장 위험하다고! 주민 투표 하자고 우긴 거 아닙니까? 공수원에선 그런 어린애 땡깡 바로 받아줬죠. 왜?"

천백우가 종이를 들어 흔들었다.

"이거 방폐장 안전 보고서입니다. 찔리는 게 없어요! 방폐장 지반 100퍼센트 안전하답니다. 이 수치가 증명하고 있지 않습니까?"

"세상에 100퍼센트가 어딨나. 참나, 어이가 없네."

역시 혼잣말이라고 하기엔 지나치게 컸다. 도화에게 시선이 쏠렸다. 천백우가 예의 바른 투로 말했다.

"젊은 아가씨가 어른 말씀하시는데 구시렁거리면 되나요."

"아, 거리가 있어서 제가 잘 안 보이시나 본데요. 저 별로 안 젊어요. 먹을 만큼 먹었는데, 아가씨라고 부르지 마세요. 그리고 그 종이 어떻게 믿어요?"

"그럼, 공기업에서 말하는 수치를 믿지 뭘 믿습니까?"

"100퍼센트? 아닌 거 같은데요."

"증거 있습니까? 아가씬지 뭔지 씨?"

"나 서포읍 살아요. 갑상선에 악성 혹이 발견됐었는데요. 집에서 나오는 물이 의심이 가네요."

"그게 방폐장과 무슨 상관이에요?"

"상수원 시설이 방폐장과 이어졌잖아요!"

작게 웅성거리는 소리가 들려왔다.

"서포읍 어디 사는데요?"

"탑건 오피스텔에 거주 중입니다."

천백우가 깔깔거리며 웃었다.

"그럼 같은 건물 사시는 분들은 왜 문제가 없을까요? 왜 본인만 그래요? 그걸 어떻게 증거라고 말하나?"

도화가 또박또박 말했다.

"방사능은 눈에 보이지도 않고 냄새도 없어요. 그러니 관계성을 증명하는 거? 어렵겠죠. 그리고 사람의 몸에 따라 질병은 다양한 형태로 나타나요. 갑상선, 백혈병…… 뭐든. 그걸 추적해서 방사능이 원인이라는 결론을 도출하는 게 무리일 뿐…… 아예 관계가 없다곤 할 수 없습니다."

도화는 주장하려는 것이 아니라 작은 균열을 내고 싶었다. 사람들이 웅성거리자, 천백우가 호소하듯 되물었다.

"그걸 왜 추적합니까? 그래야 될 이유가 없는데? 음모론 그만 펴요! 여러분, 저런 말을 믿습니까?"

"방사능이 눈에 보이지 않으니까 잘도 속이시네요?"

천백우가 열이 오르는 걸 식히려는 듯 생수병을 열어 벌컥벌컥 마셨다. 그때 도화가 외쳤다.

"지금 드시는 물! 서포읍 우리 집에서 가져온 건데!"

그 순간, 천백우가 푹! 폭포 쏟듯 물을 뱉어냈다.

"하하하. 물이 목에 걸려가지⋯⋯고⋯⋯."

"왜 그러세요? 놀라셨나?"

천백우가 굳은 채 비켜서자, 창주 부시장이 다시 강당 위로 올라왔다.

"생각보다 발언이 길어져서요. 시민 발언은 여기까지 하고요. 주민 투표 시작하겠습니다. 특정 지역에서 진행되는 투표라, 기명 투표로 진행합니다. 투표가 끝나면 잠시 쉬었다가 이 자리에서 바로바로 개표합니다. 결과가 궁금하신 주민분들은 끝까지 함께해주세요."

단정하게 양복을 입은 30대 초반의 남자가 도화에게 전단지를 건네며 다가왔다.

"인상적인 발언이었습니다. 저희는 발언 못 했는데 아쉽지가 않네요."

도화는 뭐라고 해야 할지 알 수 없어, 겸연쩍게 미소만 지었다.

"이길까요? 질까요?"

"애매한 숫자가 나오면 투표는 다시 갑니다. 압도적으로 반대표가 나와야 하는데."

"자신이 없으시네요."

"저희 연대는 원래 자신 없는 일만 합니다."

도화가 전단지를 보니, '창주탈핵연대'라는 단체명이 적혀 있었다.

"창주탈핵연대? 이름이 참 직접적이네요."

"하하. 그죠? 저희는 직진 스타일이라. 그런데…… 혼자신가요?"

"네? 네."

"아뇨. 그 혼자 말고…… 연대가 있으시냐고요?"

"전 연대 없어요."

"저희 연대와 함께하시죠."

도화가 고개를 저었다.

"저는, 연대 안 좋아합니다."

남자는 의외라는 듯 도화를 재차 설득했다.

"그래도 한번 방문해주세요. 마음 맞는 분들이 있을 거예요."

도화가 더 강하게 고개를 저었다.

"저는 연대를 안 믿습니다."

"희망을 원하시면, 함께해야죠."

도화는 남자의 얼굴을 보았다. 맑고 젊고 따뜻한, 한때 도화도 저런 얼굴로 사람들을 설득했었다.

"희망? ……그딴 게 어딨어요?"

"그렇게 생각하신다면…… 알겠습니다."

남자는 정중하고 귀엽게 파이팅 포즈를 취하며 돌아섰다. 도화는 투표 결과까진 기다릴 순 없었다. 창주법원으로 향할 시간이 다가오고 있었다.

법원 여자 화장실 청소 칸 문을 열어 대걸레를 들어 올리니, 지난번과 똑같이 검은 봉지가 있었다. 도화가 한 손으로 들어보자 역시 지난번과 같은 부피와 무게였다. 캐리어를 열어 봉지 속을 탈탈 털자 5만 원이 와르르 쏟아졌다. 재빨리 캐리어를 닫고 화장실 밖으로 나왔다.

법정으로 들어와 캐리어를 방청석 뒤쪽 구석에 두고 통역사석에 가 앉았다. 이미 법정에 도착한 차미바트는 불안한 눈빛으로 앉아 있었다. 곧이어 판사들과 강 검사, 재만이 들어왔다. 차미바트가 도화를 힐끗 바라보았지만, 도화는 그 시선을 애써 외면하며 괜히 방청석을 보았다. 그때 익숙한 얼굴이 보였다. 타멜이다! 도화가 눈을 비비고 다시 보았지만, 분명 그였다. 타멜은 최근 도화가 이상한 행동과 질문을 한 게 차미바트 사건의 통역과 관계있음을 눈치챘다. 그래서 한국 네팔리 커뮤니티에서 차미바트 사건의 선고 날 정보를 보고, 공판 당일에 방청 신청을 했다. 재만도 타멜을 발견했다. 재만은 늘 공판 전에 방청객 리스트를 확인했기에 갑작스레 등장한 낯선 외국인을 보고 입술을 깨물며 일어났다. 이 법정에서 허위 통역을 알아듣는 사람은 없어야 했다. 재만이 성큼성큼 방청석으로 가 타멜을 마주했다.

"실례지만, 어느 나라 사람입니까?"

타멜이 해맑게 활짝 미소 지었다.

"저는 네팔리입니다."

재만은 고개를 끄덕이고는 피고인석으로 돌아와 작게 말했다.

"이번엔 그대로 통역하시죠. 이제 와서 판결 결과가 달라지진 않을 테니까요."

재판장이 막 판결문을 펼쳤다.

"지금부터 판결을 선고하겠습니다."

도화는 판결문을 다 듣고 난 후 차미바트에게 통역을 하기로 했다.

"현장 검증, DNA 일치 증거와 피고인이 자백한 모든 정황이 완벽히 일치한 점으로 보아, 피고인이 피해자들을 살해한 범인이 아닐 가능성은 전무하므로 오판의 문제점이 없는 점, 현행법상 가석방이나 사면 등의 가능성을 제한하는, 이른바 '절대적 종신형'이 도입돼 있지 않으므로 지금의 무기 징역형은 개인의 생명과 사회 안전의 방어라는 점에서 사형을 대체하기는 어려운 점. 이 모든 사정을 종합할 때, 범행에 대하여 엄중한 책임을 묻고 인간의 생명을 사회로부터 격리하는 선택이 불가피하다는 이유로……."

예정대로라면 다음 부분은 '대기하면 석방될 겁니다'라고 차미바트에게 전달하는 것이었다.

그런데 '타멜의 등장'이라는 변수로 인해 재판장의 마지막 말을 먼저 있는 그대로 통역해버렸다.

"प्रतिवादीलाई मृत्युदण्डको सजाय सुनाइन्छ।" (피고인에게 사형을 선고한다.)

그 말은 차미바트의 귀에 칼처럼 꽂혔다. 믿어지지 않는 듯 넋을 잃은 차미바트가 수갑을 찬 두 손을 쾅! 내려치며 도화를 보았다.

"मैले कसैलाई पनि मारेको छैन! मैले भनेको थिएँ. मेरो बारेमा के भन्यो? मेरो कुरा सुन्नुस्! मेरो कुरा ठिकसँग सुनुपर्छ!" (난 아무도 죽이지 않았어! 내가 말했잖아. 나에 대해서 뭐라고 했지? 내 말을 들어! 내 말을 제대로 들으라고!)

굳게 다문 도화의 입술이 바르르 떨렸다. 판사들이 일어나 퇴장했고, 강 검사도 법정을 나갔다. 교도관이 다가와 차미바트를 끌어내렸다. 장내가 조용해지자 재만이 일어나 도화에게 악수를 청했다. 도화가 손을 내밀자, 재만이 꽉 쥐며 비릿한 웃음을 지었다.

"통역사님, 수고하셨습니다. 다신 보지 맙시다."

도화가 법원 주차장에서 마티즈 트렁크를 열어 캐리어를 넣고 있을 때, 타멜이 다가왔다.

"누님······."

트렁크를 닫고 나자 잠시 정적이 흘렀다.

"너 왜 거기 있었어?"

"요즘 뭔 일 땜에 정신이 없나 했지."

타멜은 주위를 둘러보더니 일부러 네팔어로 말했다.

"च्यामी भाट्ले अन्तमा कनि त्यसरी करायो होला?" (차미바트가 왜 마지막에 그렇게 발악한 거야?)

도화가 운전석 문을 열었다.

"일단 타자."

도화는 운전을 하면서 그간의 일들을 담담하게 말했다. 타멜은 라디오 방송의 사연을 청취하듯 이야기를 들었다. 장도화가 그런 일에 연루될 거라곤 생각도 해본 적 없어서, 얼얼

한 상태로 멍하니 있다가 겨우 반응했다.

"난 누님이 사람을 죽였다고 해도 믿어. 하지만…… 이건 누님답진 않네."

타멜이 앞만 본 채 운전 중인 도화의 미동 없는 옆얼굴을 의문스레 바라봤다. 당최 읽히지 않는 표정이었다.

"일주일 내로 항소하지 않으면, 사형 집행 확정이야."

"그럼 정말 사형당하는 거야?"

"그건 아니지. 사형 집행은 법무부 장관이 사인을 해야 하니까. 집행을 실제로 하진 않을 거야. 그렇지만 법정 최고형인 무기 징역이겠지."

"감옥에서 계속 못 나온다는 거잖아. 그런데 여기서 판결이 끝나? 가족이 항소하지 않겠어?"

"안 할 거야."

"왜?"

"타멜아. 내가 허위 통역을 제안받은 게 변호사야. 차미바트의 가족이 모를까?"

판결이 뒤집힐 다음 재판이 없다는 걸 도화는 재만을 만났을 때부터 눈치챘다.

"어떻게 그러지? 결혼한 거 아닌가?"

"맞아."

결혼을 통해 한국 국적을 취득한 여자, 그런데 차미바트의 가족으로 보이는 사람은 방청석에서 보이지 않았다.

"그래서 이 사건은 아무도 항소하지 않을 거라는 거야. 차미바트는 이미 고립됐어."

"그래서 확정이구나. 사형이."

"그래."

"누나가 허위 통역으로 차미바트를 사형으로 만든 거네."

"고맙다. 깔끔하게 정리해줘서."

"왜 그랬어? 돈 때문이었어? 혹시 누나 아직도 네팔에 돈 보내? 마흐트마한테 이제껏 계속 보냈던 거야?"

"어디에 쓰는 게 중요하니? 버는 게 중요하지."

"거짓말 하지 마! 누님이 그럴 리가 없잖아. 분명 다른 이유가 있지?"

도화가 대답을 피하며 화제를 돌렸다.

"요즘 네팔리 인력 사무소 핫플이 어디냐?"

"지금도 똑같아."

"여전히 거긴가 보네. 내일로?"

타멜이 끄덕였다.

"목사님이 워낙에 네팔에서 자리를 잡고 한국에 돌아오기도 했고. 네팔어도 곧잘 하시니까. 유독 네팔 외노자 애들은 거기가 꽉 잡고 있어. 근데 누나 설마……? 거기 가려고? 거기 가지 마. 목사님이 아직도 누나 얘기만 나오면 씨발씨발거

린다니까."

"타멜아, 부탁이 있어."

"응! 뭐든 다 말해!"

"꼭 들어줘."

"응! 그럼!"

"이 일에 끼지 마."

정적이 흘렀다. 타멜의 외국인 등록증은 적합 여부를 심사 중이었다. 만약 타멜이 한국에서 작은 문제라도 일으킨다면, 심사에서 부적합을 받을 수 있다는 걸 도화는 잘 알았다. 사소한 실수가 추방으로 이어지는 신분이었다.

"누님⋯⋯ 그래도⋯⋯."

"모르는 척해줘. 출근하지? 데려다줄게."

말없이 달리던 마티즈는 잠시 후 발리나이트클럽 앞에서 멈췄다. 아직 영업 시작 전이라 입구는 한산했다. 타멜이 보조석에서 내릴 때 도화가 다시 힘주어 말했다.

"부탁해."

차 문을 닫으면서 타멜은 불안했다. 왠지 이제부터 도화가 어느 방향으로 향할지 알 것 같아서.

도화가 마트 주차장에 마티즈를 세웠다. 트렁크에서 캐리어를 끌어내고 곧장 직원 탈의실로 직행했다. 아무도 없었다.

로커를 열어 히말라야 사진을 떼고 걸어뒀던 정장과 반듯하게 갠 직원용 유니폼을 모두 꺼냈다. 그리고 캐리어를 열어 텅 빈 로커 속에 5만 원권 뭉치를 채워 넣었다. 캐리어 안의 지폐가 반쯤 사라지자, 정장과 히말라야 사진을 다시 넣고 로커를 열쇠로 잠갔다. 직원용 유니폼을 반납함에 넣고 탈의실을 나와 비상계단을 통해 한 층 더 올라가자, '관계자 외 출입 금지'가 적힌 문이 나왔다. 문을 열자, 닭장처럼 빼곡히 칸막이 책상이 놓여 있는 직원 사무실이 나타났다. 도화가 매니저 자리를 향해 익숙하게 걸어가 섰다.

"어? 도화 씨?"

"저 오늘부터 일 그만두려고요."

"갑자기? 그냥 통보로? 이렇게?"

도화가 고개를 길게 숙였다 들었다.

"정말 죄송합니다."

"혹시…… 재발한 거야?"

"아닙니다. 아니에요. 제 몸 괜찮아요. 다른 사정이 생겼어요."

"그래, 건강하면 됐어. 와인 코너도 수희 씨가 배정된 상태고 일도 익혀서 뜨는 자리는 없어. 따로 정리해야 할 건 문자로 통보가 갈 거야."

"네."

"어, 그래. 수고했어. 그런데 그 캐리어는 뭐야? 여행 가?"

"아, 네네."
"좋네. 그래, 언제든 와."
"감사합니다."

도화는 사무실을 나오며 마주친 직원들에게 고개로 인사를 건넸다. 와인 창고로 가니 수희가 쭈그리고 앉아 선물용 와인 포장지를 정리 중이었다. 사람이 없어 적절한 타이밍이었다.

"언니, 나 오늘부로 그만둬."
"너 그래서 여기 나한테 넘긴다고 했던 거야?"
"그땐 거기까지 생각하고 그런 건 아니었는데…… 그렇게 됐네."
"왜 갑자기?"

도화가 로커 열쇠를 건넸다. 수희가 얼떨결에 열쇠를 받았다.

"그건 나중에 이야기해. 내 로커를 열어. 그리고 안에 있는 걸 가지면 돼. 열쇠는 그대로 꽂아두고."
"안에 뭘 가져가?"
"그거 언니 거야. 그러니까…… 언니 딸 거야……. 그리고 나한테도 누구한테도 절대 다신 입 밖에 꺼내지 마. 절대. 그냥 가지기만 하면 돼."
"뭔데?"
"꼭이다."

도화가 서서히 일어섰다. 수희가 선반 바닥에 있던 묵직한 박카스 박스를 꺼내 건넸다.

"야! 이거 니가 모은 거니 가져가."

도화가 받아 들었다.

"그래, 당분간은 나한테 연락하지 말고. 어차피 연락 안 될 테니까."

"너 오늘 왜 그러냐……. 급해? 어디 가는 거면 오늘 밥이라도 같이 먹어."

"급해, 지금."

"왜? 어디 가는데?"

"은행 닫기 전에 가야 돼."

수희는 캐리어를 끌고 가는 도화의 뒷모습과 로커 열쇠를 번갈아가며 의아하게 바라보았다.

다음 목적지인 창주은행으로 들어가 대기표를 뽑고 기다리는 동안, 도화는 송금할 금액과 계좌 번호, 국가, 입금자 명이 적힌 종이를 작성했다. 차례가 되자, 도화는 꼬깃꼬깃 접힌 여러 장의 해외 송금 증빙 서류를 꺼내 보이며 캐리어에서 5만 원권 뭉치를 하나씩 꺼내 창구로 밀어 넣었다. 은행원이 지폐 계수기에 넣자 금액 화면에 총 4000만 원이 떴다. 도화가 작성한 종이를 보며 은행원이 낯선 발음으로 느리고 어색하게 물었다.

"네팔로 마흐트마 티락 새래스타에게 4000만 원 송금 맞으신가요?"

"네, 맞아요."

은행원이 농담조로 되물었다.

"피싱당하신 거 아니죠? 이런 금액을…… 현찰로 한 번에…… 보내시고요."

"피싱 아닙니다."

"그럼, 전액 송금하겠습니다."

"네."

은행원이 모니터를 보며 키보드를 몇 번 두드리고는 이체 영수증을 뽑아 내밀었다. 도화는 그제야 후련하게 인사하고 일어났다.

빡빡하게 주차된 차들과 쓰레기가 지저분하게 뒹구는 네온사인 골목 사이로 마티즈가 비집고 들어가 섰다. 성인 마사지와 내일로인력사무소 간판이 나란히 붙은 건물이 보였다. 도화가 차에서 내려 건물의 좁고 급경사인 계단을 올랐다. 2층 문을 열고 들어서자, 책상과 크고 오래된 소파가 보였다. 벽면에 붙어 있는 대형 십자가 앞에 삭발한 머리에 낡은 밤색 양복을 입은 영두가 서 있었다. 도화를 보자 그는 동공이 커지고 미간에 11자가 세게 그어지며 경계하는 짐승처럼 상반신을 한껏 세웠다. 도화가 박카스 박스를 책상에 올려뒀다. 영두가 슬쩍 열어보니, 미니 양주가 종류별로 들어있었다.

"오랜만이에요. 이건…… 너무 부담 가지진 마세요. 빈손으로 오기가 그래서……."

"너 여기 왜 왔어?"

"그러게요, 목사님. 올 수밖에 없어지네요. 살다 보니……."

도화와 영두는 네팔에서 함께 일했었다. 그 시절엔 지금과는 완전히 다른 모습이었지만.

"제가 가끔 타멜에게 안부 좀 전해달라고 했었는데……. 안부 못 들으셨어요?"

"됐고. 닥치고 나가!"

영두가 포악하게 다그쳐도 도화는 소파에 푹 꺼져 붙어버린 듯 앉아 있었다.

"아직도 옛날 일 때문에 마음 상하셨나 봐요."

"아직도? 너한텐 옛날이겠지? 난 이제 목회도 못 해."

도화가 주위를 둘러보았다.

"지금 일이 더 어울리세요."

"나가라니까!"

"누굴 좀 찾고 있어요. 외노자 네팔리 중엔 여기 안 거쳐

간 애들이 없다면서요?"

"내가 널 왜 돕냐? 꺼져."

"우리도 네팔에서 좋은 일 하려고 만났었잖아요. 목사님도 좋지 않았어요? 목사님 더 멀리 가기 전에 제가 다 망쳐드렸잖아요."

영두가 시가 향이 나는 담배에 불을 붙였다.

"누가 들으면 네가 나 구원해준 줄 알겠다? 뭐…… 네가 이 길로 날 인도하긴 했네. 나 사는 꼴 봤음 이제 가라. 정말."

"사례비 드릴게요."

영두가 피식 한쪽 입꼬리를 올렸다.

"돈이나 있냐?"

"드릴게요."

영두는 궁금해졌다. 왜 장도화가 이러는 걸까.

"500? 디스카운트 없어."

도화는 영두가 저질인 면은 있지만, 소박한 양심은 있는 인간이라고 생각해왔다. 세월이 꽤 흘렀어도 그건 사라지진 않았으리라 무작정 믿었다.

"좋아요."

"당장 쏴줘야 하는데?"

"차 안에 돈이 있어요. 바로 줄게요."

"현금이 차에 있다고?"

"네."

"그래, 그럼 찾는다는 애…… 얼굴은 아냐?"

도화가 유튜브 영상 속에서 캡 모자를 쓰고 헐렁한 옷을 입고 있는 사람을 보여줬다.

"이 사람이요."

"야. 쥐똥만 하게 얼굴 나온 걸 보고 어떻게 알아?"

영두가 일어나 캐비닛을 열었다. 엄청난 양의 문서가 보였다.

"이거 다 이력서야. 사진으로 한번 비교해봐. 내 눈엔 다 비슷비슷하게 보여서."

도화가 막대한 양의 문서를 막막하게 바라보았다.

"이력서도 받으세요?"

"이 세계에도 절차라는 게 있어."

영두는 도화를 사무실에 혼자 두고 퇴근할 수가 없다며, 구두를 벗고 소파에 누웠다. 도화는 테이블 조명 아래서 이력서 한 장 한 장을 유심히 훑었다.

"아까 유튜브 영상에…… 경찰들도 보이던데, 걔 찾는 이유가 뭔데?"

영두가 천장을 보며 물었다.

"검경 수사 통역인이라서요."

"어떤 사건?"

"차미바트 사건."

2장 파란 남자

공판이 시작됐을 때 이미 수사 당시 모든 자백과 증거가 확보됐으니, 애초에 차미바트에게 불리하게 시작된 재판이었다. 도화는 이제 알아야 했다. 수사 당시의 통역은 어땠을까. 검경 수사 당시 같은 네팔 사람이 통역을 맡았으니, 차미바트는 더 쉽게 방어 기제를 풀고 진술하지 않았을까. 이 모든 추측을 확인할 수 있는 유일한 방법은 그 통역인을 직접 만나 묻는 것이다.

한참 영두가 코 골며 잠들어 있을 때, 도화의 시선이 한 이력서에서 멈췄다. 이력서에 붙어 있는 사진과 영상 속 사람의 모습이 일치했다. 도화가 벌떡 일어나 영두를 흔들어 깨워 이력서를 보여줬다.

"키쇼? 이 남자 어디에 취업했어요?"

영두가 눈을 비비며 이력서 속 사진을 뚫어지게 보더니 고개를 저었다.

"남자 아니야. 여자야. 기가 막히는 애야. 얼굴 가리고 들으면 한국 사람이 말하는 거 같았어."

"남자처럼 보이는데요. 이름도 남자 같고."

"그래, 사진도 이름도 그렇지. 이름은 자기가 지은 거 같아. 진짜 이름은 나도 모른다. 말하기 전까진 감쪽같아. 원래 꿈은 한국에서 의사 되는 거라고 했는데. 그게 쉽냐? 차라리 아메리칸드림을 하지?"

"어디에 꽂아줬어요?"

"나가라고 했어."

"네?"

도화의 어깨가 허탈하게 축 늘어졌다.

"일 소개해주려면, 원칙이 있어. 사기는 치지 말아야 해. 괜히 경찰 꼬이게 하는 건 서로 피곤하거든. 근데 얘가…… 골 때리는 짓을 하고 다녔어."

"무슨……?"

"한국 국적 따려는 네팔 여자 상대로 대리 시험을 보고 다녔어. 한국어능력시험이나 면접 시험까지 말이야. 소문엔 분장 기술도 뛰어나서 아주 감쪽같다던데."

도화는 차미바트가 한국어를 전혀 하지 못함에도 국적을 취득한 게 떠올랐다.

"대리 시험 의뢰한 사람이라도…… 누구 아는 사람 없어요?"

"그럴 리가. 그걸 누가 대놓고 말하냐. 나도 그렇다더라, 하는 그런 풍문만 듣는 거지."

"그럼, 이제 어디서 찾을 수 있죠?"

"그건 모르고…… 여동생이 하나 있었다. 어린애였어."

"얼마나 어린데요?"

"내가 만났을 땐, 대여섯 살 정도였어."

"그렇게 어렸다고요?"

"응."

도화가 키쇼의 이력서를 다시 살폈다. 외국인 등록증 여부가 빈칸으로 돼 있었다.

"불법 체류자였나요?"

"응."

"그런데 그런 어린 동생을 데리고 다녔다고요? 네팔에서 한국까지?"

"나도 그게 이상해서 처음엔 미등록 이주 아동인가 했어. 근데 그 동생이란 애는 한국말을 전혀 못하더라고. 그럼 아니겠지. 근데 둘이 너무 닮아서 혈육인 건 확실해. 언니라고 부르긴 하는데……."

"둘은 늘 같이 다닌다는 거군요."

"응."

그런 어린아이를 데리고 불법 체류자의 신분으로 자유롭게 다닐 순 없었을 것이다. 더욱이 키쇼가 차미바트의 수사 당시 통역을 한 걸 보아, 지금도 창주 내에 있을 가능성이 크다고 도화는 생각했다.

"돈이 엄청 궁하겠네요."

"그렇겠지."

"그럼 오히려 굉장히 좁혀지네요. 목사님, 리스트 좀 주시죠.

창주 바닥에서 더러운 일 하는 곳 중에 제일 더러운 일 하는 곳들로요. 애들 보내시면서 찝찝한 곳 있을 거 아니에요?"

도화가 말하기 전에 영두도 알고 있었다. 다만 한때는 옛 동료였기에 굳이 위험한 곳까진 안내하고 싶진 않았을 뿐이다.

"그건 기밀이다."

"어디다 목사님이 말했다고 소문내진 않을게요."

"이 장사 하는 사람들끼리도 상도덕이라는 게 있어."

창 너머 하늘은 해가 뜨기 전의 짙은 남청색으로 변해 있었다.

"500만 원 더 어때요?"

영두가 머뭇거렸다. 어차피 멈출 도화가 아니라는 걸 알고 있었다.

"좋아. 추려서 리스트 줄 수 있다. 그런데 애네들이 겉으로 어떤 일을 하는 줄만 알지. 내부에선 진짜 어떤 일이 벌어지는지 나도 잘 몰라."

"네, 알겠고, 추려주세요."

"녹음하는 거 아니지?"

"안 합니다."

"내가 옛날에 너한테 당한 게 있다 보니."

도화가 스마트폰 메모장을 열어 받아 적을 준비를 했다.

"진짜 안 해요. 불러주세요, 목사님."

"하나헤리스, 미주축산, 니케, 물진산업…… 적었냐?"

"네, 각각 무슨 일을 하나요?"

"하나헤리스와 니케는 핸드폰 부품 공장이야. 제조 과정에서 유해 가스가 누출됐는데 쉬쉬거리며 넘어갔지. 미주축산 감 오지? 축산업이다. 애들을 비닐하우스에서 가축처럼 재워서 문제가 된 적이 있어. 임금 지급도 안 했고. 마지막으론 물진산업. 파쇄 업체야. 가장 젠틀해 보여. 돈도 제대로 제때제때 주고 무려! 최저 시급을 적용해."

그 순간, 도화는 차미바트가 했던(하지만 누구에게도 전해지지 않았던) 말이 겹쳤다.

―어떤 남자가 계속 파쇗집을 두리번거렸어요.

차미바트가 말한 '파쇗집'은 '파쇄 업체'를 말하는 것이었다.

"유해 가스 누출, 축산업 비닐하우스. 더러운 느낌은 알겠는데…… 파쇄 업체는?"

"파쇄가 뭐냐. 문서나 하드디스크 산산이 부수고 없애는 거잖아. 인력이 그렇게 필요하진 않을 텐데. 애들을 꽤 많이 뽑아. 내가 이상해서 알아봤다. 그런데 다시 현장 파견을 보낸대. 근데 거기가 어딘지를 몰라. 블랙홀이야."

인력 업체에서 사람을 뽑는다. 그리고 그 사람을 다시 다른 곳으로 파견 보낸다. 그 사이에 노동 흔적은 세척된다.

"다녀온 애들이 뭐래요?"

"거기만 갔다 오면 입에 지퍼가 달려. 꽉 닫아버린다니까. 그리고 노골적으로 불법 체류자만 고용해."

"파쇄를 하긴 해요?"

"졸라 많이 한대. 그 대표, 예전에 급한 국회 의원들 사무실에 파견 보내서 파쇄해주고 그랬대."

도화가 지도 앱을 켜 물진산업을 검색했다. 창주 외곽에 외딴섬 같은 지점에 화살표가 찍혔다.

"저 이제 갈게요. 사례비 지불해야죠."

영두가 도화를 따라 주차된 마티즈로 갔다. 도화는 캐리어에서 남은 5만 원권을 다 꺼내어 그 자리에서 영두에게 건넸다. 이제 캐리어는 텅 비었다.

"너, 마흐트마한테 아직도 돈 보낸다며? 너 먹고살 돈도 없으면서?"

"타멜이 그래요?"

"응."

타멜은 영두를 통해 도화가 네팔에서 어떤 일이 있었는지 조금은 알고 있었다.

"마흐트마가 너한테 가끔 아이들 사진을 보낸다며? 그걸 단체라고 할 수 있는 거냐? 카트만두에 방 한 칸 두고. 거리 아이들후원단체…… 이렇게 이름만 붙여놨더만."

"별걸 다 아시네? 유일하게 남아 있는 아이들을 챙기는 사람이에요. 아직도."

"너가 계속 후원금을 보내서 그런 건 아니고? 그럴라면 직접 가지 그러냐?"

"제가 어떻게 직접 가겠어요? 누구보다 잘 아시는 분이……."

영두가 쓸쓸하게 웃으며 주머니에 현금 다발을 쑤셔 넣었다.

"장도화, 더는 내 앞에 나타나지 마. 옛날 생각 나는 거 좆 같으니까."

도화가 대꾸 없이 마티즈에 올라타 시동을 걸었다. 영두는 마티즈가 골목을 완전히 빠져나갈 때까지 한참을 아련하게 바라봤다.

도화는 라디오를 켰다. 이런 시간에 왜 당신이 깨어 있어야 했는지 고요히 물어주는 음악들이 흘렀다. 어느덧 애덤 영맨, 몬티 다타의 〈컴 홈 투 미(Come Home to Me)〉가 흐를 때 반복되는 가사의 '홈'에서 차미바트의 말이 떠올랐다. 그녀는 파쇄 '업체'가 아니라, 파쇄 '집'이라고 말했다. 왜 하필 집(家)이라는 단어를 '파쇄'와 붙여 썼을까. 네비가 목적지에 가까워짐을 알려 도화의 정신을 분산시켰다.

물진산업에 다다랐을 때, 가로등 불빛 하나 없이 황폐한 사막 같은 곳에 3층짜리 공장형 건물이 덩그러니 보였다. 간판이 건물에 비해 지나치게 작았다. 유심히 봐야 물진산업 글자가 보였다. 셔터는 내려져 있었다. 건물 안에선 웅웅— 기계가 돌아가는 소리가 괴팍하게 울렸다. 도화의 마티즈가 행인인 척 건물을 한 바퀴 돌며 주위를 살폈다. 건물 뒤로는 똑같은 모양을 한 열 평 크기의 녹색 화물 컨테이너 열댓 개가 보였다. 'Green Smart Farm' 글씨가 박혀 있고, 덜컹거리며 환풍기 돌아가는 소리가 들렸다. 옆으론 공업용 물탱크가 보였다. 희미한 바람을 타고 컨테이너 속에서 낮은 웅성거림이 들리는 것 같았다.

마티즈가 건물 주변을 몇 바퀴 더 돌며 이번에는 물진산업 건물 2층을 유심히 살폈다. 모든 창이 나무판자로 가려진 1층과 달리 2층의 창은 열려 있었고 속옷 등이 널려 있는 것으로 보아, 1층은 파쇄를 한다면 2층은 주거 공간으로 보였다.

굳게 닫혀 있는 셔터 안에서 웅웅— 울리던 기계 소리가 일시에 멈췄다. 풀벌레 소리조차 그쳤다. 셔터가 접혀 올라가며 요란스럽게 철제 부딪히는 소리가 들려오자 도화가 다급히 마티즈를 녹색 컨테이너들이 모여 있는 지점에 세우고 시동과 헤드라이트를 껐다. 마티즈의 초록색은 보호색처럼 컨테이너와 잘 섞였다. 그때 터질 것 같은 회색 남방을 입은 육중한 남자가 컨테이너 사이로 걸어 들어왔다. 도화가 운전석에서 몸을 한껏 낮추고 빼꼼 창문 밖을 보았다. 남자가 컨테이너 문에 채워진 자물쇠를 하나씩 따자 다양한 인종의 사람이 뒤섞여 쏟아져 나왔다. 도화는 그들 사이에서 키쇼를 찾으려 뚫어지게 보았지만, 거리도 있고 불빛이 없어 확인이 어려웠다. 남자가 짝짝! 손뼉을 치며 덩치에 비해 기이할 만큼 얇은 목소리로 외쳤다.

"다들 빨리빨리 싸! 화장실 갈 시간 5분이다. 곧 출근 차가 온다고!"

출근 차? 도화가 갸우뚱하는 사이 사람들은 하나뿐인 간이 화장실 앞에 줄을 섰다. 곧 깔끔한 대형 버스가 와 섰다. 표시가 없을 뿐 직원 버스라는 걸 알 수 있었다. 버스 문이 열리자 모두 일사불란하게 줄을 서서 올라탔다. 모두 탑승하자 대형 버스가 출발했다. 혼자 남은 남자는 한 컨테이너 안으로 들어간 후 나오질 않았다.

차창 너머로 보던 도화는 고민에 빠졌다. 키쇼가 없던 걸까? 놓친 걸까? 확신할 수가 없어 갑갑했다. 다시 확인해보는 수밖에 없었다. 시동을 걸고 대형 버스와 적당한 거리를 유지하며 차를 몰았다.

운전대를 잡은 손이 땀에 절어 미끄러웠다. 그나마 짙은 새벽을 휙휙 달리는 낯선 차들의 불빛에 안도가 되었다. 대형 버스는 외진 곳으로 더 깊이 들어갔다. 이윽고 초대형 단지의 초입에 들어섰다. '방문 차량 금지' 문구 앞에서 마티즈는 막

했고 대형 버스는 시설 내부로 유유히 진입했다. 운전석에서 내린 도화가 차량 진입 금지선을 넘어 대형 버스가 가는 방향을 따라 달렸다. 심장이 터질 듯 속도를 내다, 대형 버스가 거인 같은 콘크리트 건물로 들어가는 모습이 보였다. 닫힌 자동문 앞에 세워진 '방사능 폐기물 인수 저장 시설'이라는 푯말에서 도화의 시선이 오랫동안 머물렀다. 영두가 말했던, 물진산업에서 현장 파견을 보낸다는 곳이 여기 같았다. 키쇼도 저 안에 있을까, 아닐까. 여기서 버스가 나올 때까지 기다려야 할까. 하지만 언제까지? 이대로 후퇴해야 할까.

일단 도화는 다시 마티즈로 돌아와 운전석에 올랐다. 결국 키쇼를 만나지 못했다. 한 가지가 걸렸다. 물진산업 건물 내부를 보지 못했다는 것. 키쇼는 한국어를 한국 사람처럼 한다고 했다. 그렇다면 건물 안에서 사무 일을 볼 수도 있지 않을까. 오만가지 추측 속에서 도화는 다시 물진산업으로 향했다.

차가 달리는 동안 도화는 대화형 인공지능을 불렀다. 간혹 운전 중에 대화 상대가 되기도 했다. 보통은 날씨나 네팔 최신 뉴스를 묻는 정도였지만.

"'인수 저장 시설'이 뭐야?"

인공지능도 도화가 평소와는 다르게 원자력 관련 전문 용어를 물으니, 재차 되물었다.

"어떤 시설 안에 있는 인수 저장 시설을 물으시나요?"
"방폐장 안."
인공지능이 특유의 깔끔한 목소리로 답했다.
"인수 저장 시설이란 원전 폐기물을 검사하고 저장하는 시설입니다."
"어떤 검사?"
"계측기가 원전 폐기물을 담은 드럼통의 감마선 농도를 측정합니다."
"감마선?"
"감마선의 뜻을 알려드릴까요?"
"아니, 그보다 감마선에 사람이 노출되면 어떻게 돼?"
"좋지 않아요."
"얼마나 나빠?"
"보이지 않는 수많은 총알이 DNA를 끊고 지나갑니다. 결과적으로 기형이나 질병이 일어날 가능성이 생깁니다."
인공지능이 밝은 톤으로 말해 도화는 섬뜩했다.
"다른 게 궁금해."
"네, 말씀하세요."
"그럼, 그 드럼통들은 검사가 끝나고 어디로 가지?"
"동굴 처분장으로 갑니다. 사일로로 들어갑니다."
"사일로?"

"방폐물 저장 창고를 말합니다. 마치 콘크리트로 만들어진 거인의 우물처럼 생겼습니다."

"우물이 아니라 요강이겠지. 얼마나 깊어?"

"해수면보다 더 아래에 위치합니다."

"그럼 거기에 금이 가거나 하면…… 지하수에 흘러들어 가겠네."

도화의 혼잣말에 인공지능이 반응했다.

"흘러들어 간다?"

"저기…… 네가 보기엔 창주 방폐장은 안전해? 뭔가 새거나 문제가 있거나 그런 거 없을까?"

인공지능이 다소 길게 시간을 끌다 답했다.

"찬반 논쟁을 해봤습니다. 결론을 도출하면, 방폐장을 둘러싼 몇몇 시민 단체의 문제 제기가 있었지만, 정부의 작년 공식 보고서에 의하면 과학적인 검증으론 아무 문제가 발견되지 않았습니다. 그래서 안전하다고 볼 수 있어요."

인공지능은 문서를 학습한다. 특히 공신력 있는 문서라면 신뢰도에 더 점수를 줄 테다.

"그럼 너는 담배보다 방사능이 더 안전하다고 생각해?"

"상황과 맥락에 따라 다릅니다. 담배 한 개비도 세포에 손실을 주며……"

도화가 인공지능 스스로가 주장하는 기묘한 중립성에 질

려서 말을 잘랐다.

"거기까지, 고마워."

"또 불러주세요."

해안 도로를 달리다 이대로 7번 국도로 들어가고 싶은 충동을 느꼈지만, 가던 길을 꿋꿋이 달리다 보니 어느덧 물진산업 건물이 보였다. 1층 입구의 셔터가 3분의 1쯤 올려져 있었다. 도화가 마티즈에서 내려 건물 쪽으로 걸어갔다. 셔터 앞에 섰을 때, 도화는 반쯤 보이는 내부를 보기 위해 바닥에 엎어진 채로 셔터 너머를 올려다봤다. 후덥지근하고 퀴퀴한 먼지들 사이로 파쇄기가 돌아가고 있었다. 공업용 파쇄기가 여러 대 보이는 걸로 봐서, 이 업체가 파쇄로 먹고사는 곳이라는 건 분명했다. 남자의 다리가 분주하게 움직였다. 남자는 홀로 하드디스크, 문서 등을 끊임없이 파쇄기에 넣었다. 거구의 얼굴은 마름모꼴로 턱이 뾰족했고, 손과 목이 두꺼웠다. 컨테이너 문을 열던, 바로 그 남자였다. 그는 혼자 자기 귀를 탁탁! 때렸다. 마치 귀에 붙은 모기라도 잡는 것처럼. 그러다 "꺼져!"라고 허공에 대고 말했다. 도화의 시선은 내부에서 키쇼를 찾았지만 아무도 보이지 않았다. 도화는 서서히 몸을 일으켜 건물 뒤 녹색 컨테이너 쪽으로 살금살금 걸어갔다.

컨테이너는 모두 열려 있었고 환풍기 돌아가는 소리만 들렸다. 도화는 혹시나 키쇼가 있을까 싶어서 하나씩 내부를 들여다보았다. 작열하는 LED조명 아래 루콜라와 바질이 수경 재배로 뿌리를 내렸고, 바닥에는 여러 개의 담요와 가방이 어지럽게 널려 있었다. 다양한 초록 식물 중에 대마초도 보였다. 간혹 타멜의 집에 대마를 가지고 오는 무리가 있었는데 창주 내에서 쉽게 구매했다고 말했었다. 대마를 이렇게 키울 정도라면 다른 마약류도 있지 않을까. 케타민도? 점점 더 물진산업의 대표가 의심스럽다고 생각할 때, 도화의 시선이 어떤 컨테이너에서 멈췄다(아까 육중한 남자가 들어가서 오래 머물렀던 그 컨테이너였). 모카색 피부의 소녀가 한쪽 발목에 밧줄이 묶인 채 앉아 있었다. 서로 눈이 마주치자, 도화가 쉿! 손가락으로 입을 막았다. 도화는 발뒤꿈치를 들어 올리고 살금살금 컨테이너 안으로 들어갔다.

"तमी नेपाली हौ?" (너 네팔리니?)

"हो." (응.)

"कनि यहाँ छौ? कनि बाँधिएको छौ?" (왜 이러고 있어? 왜 이렇게 묶여 있어?)

네팔 소녀가 밧줄을 잡아 흔들며 말했다.

"यो डोरी असाध्यै लामो छ। कन्टेनर बाहिरसम्म गएर हिंड्न सकिन्छ शौचालयसम्म पनि जान सकिन्छ।" (이 줄 엄청나게 길어요. 컨테이너 밖에까지 돌아다닐 수도 있고, 화장실도 갈 수 있어요.)

"त्यो त ठिक छ। तर के कारणले यसरी बसिरहेको छौ।" (근데 왜 이러고 있냐고.)

"सबै जना काममा जानुभएको छ। तर म सानो भएर काममा जान मिल्दैन रे। मेरो ख्याल गर्ने कोहि छैन। अनजानमा खतरनाक ठाउँमा नपरोस् भनेर…… सुरक्षाको लागि मलाई बाँधेर राख्नुभएको हो।" (다들 출근했어요. 나는 어려서 일 못 간대요. 날 돌봐줄 사람이 없어요. 내가 위험한 곳에 가면 안 되니까…… 안전하라고 이렇게 잠깐 묶어 놓은 거예요.)

"म सँग जाऔ।" (나랑 같이 가자.)

"नाई, म जादिन।" (싫어요.)

네팔 소녀는 단호했다. 도화는 키쇼에게 어린 여동생이 있다던 영두의 말이 떠올랐다.

"तिमीले किशोलाई चिन्छौ?" (너 혹시 키쇼 아니?)

"किशोको राम्रो गाडी पनि छ। तिनले गाडी चलाउँछ र ठुलो काम पनि गर्छ।" (키쇼 이제 좋은 차도 있어요. 운전하고 높은 일 해요.)

"ठुलो काम?" (높은 일?)

"ठुलो मान्छेसित हिंड्छ।" (높은 사람이랑 다녀요.)

어떤 높은 일을 말하는지 모르겠지만, 이제 키쇼가 인수 저장 시설 안에 있지 않다는 게 확실해졌다.

"किशो कहाँ छन्?" (키쇼 어디 갔어?)

"थाह छैन।" (몰라요.)

도화는 다급해졌다.

"तिनिले आजभोली कुनै काम गर्दै छु भनेर भनेका थिए कि…… मतलब यो काम गर्नुपर्छ वा कतै जानुपर्छ भनेर भनेको त छैन?" (최근에 무슨 일 한다고…… 뭘 해야 한다거나 어딜 간다고 한 거 없었어?)

네팔 소녀는 골똘히 생각하더니 비밀스레 말했다.

"साहुँले दिएको एउटा काम छ भनेर त भनेका थिए।" (사장이 시킨 일이 있다고 했어요.)

"के काम?" (어떤?)

"दुईवटा बाख्रा किन्निनको लागि हिँड्दै छु भनेर भनेका थिए।" (염소 두 마리를 구하러 다닌다고 했어요.)

"किशोले बाख्रा खोज्दै छ? त्यो ठुलो काम हो?" (키쇼가 염소를 구하러 다녀? 그게 높은 일이야?)

"हजूर।" (네.)

"कनि?" (왜?)

네팔 소녀도 이유는 모르겠다는 듯 고개를 흔들었다.

"बाख्रा ल्याएर के गर्न खोजेको होला?" (구해서 뭘 해?)

"त्यो ल्याएपछि त्यो जलेको घरमा जाने भनेर भनेका थिए।" (그거 구하면 불탄 집에 간다고 했어요.)

도화는 '불탄 집'이라는 말에 황정수의 집이 겹쳐 떠올랐다.

"त्यसोभए किशो अहिले त्यहाँ छ?" (그럼 키쇼가 거기에 있어?)

"खै थाह छैन। जे होस् बाख्रा ल्याए पछि मात्र जान्छु भनेर भनेका

थिए।"(몰라요. 염소를 구해야 갈 수 있다고 했어요.)

"जे होस…… तिमी मसित हिंड। यहाँ बस्नु हुँदैन।"(아무튼…… 너는 나랑 가자. 여기 있으면 안 돼.)

도화가 밧줄의 매듭을 풀어내리려고 했다.

"नाई, म जादिन।"(싫어요.)

"जानुपर्छ।"(가야 해.)

"नाई! यसरी जबरजस्ती गर्नुभयो भने म चिच्याउँछु!"(싫다고요! 자꾸 그러면 소리 지를 거예요!)

네팔 소녀는 발악하기 직전으로 도화를 노려봤다.

"किन……?"(왜……?)

"किनभने मेरो घर यहीँ हो।"(여기가 내 집이에요.)

"यो तिम्रो घर हो भनेको……?"(여기가 집……?)

차미바트가 떠올랐다. 그녀도 이곳을 '집'이라고 했다. 도화가 주머니를 뒤적거렸다. 잡히는 건 체리 맛 캔디뿐이었다. 도화는 캔디를 네팔 소녀의 손에 쥐여주었다.

"यो तिम्रो घर होइन। हुनै सक्दैन।"(여긴 네 집이 아니야. 절대 아니야.)

도화는 겨우 몸을 돌려 컨테이너 밖으로 나왔다. 불탄 집에 키쇼가 있을지도 모른다는 희박한 가능성에 발걸음이 조급해졌다. 도화가 마티즈로 달려가 그대로 차를 출발하려는데 사이드 미러에 한 남자가 우두커니 마티즈가 떠나는 걸 바라보는 모습이 비쳤다. 도대체 언제부터 보고 있던 걸까. 도화는 섬뜩했지만 계속 직진했다.

그 집에 도착하니, 경찰 통제선은 바닥에 떨어져 있었다. 도화는 처음보단 자연스레 집으로 들어갔다. 1층을 둘러보아도 키쇼는 없었다. 문득 발바닥을 보니 신발에 검은 재가 묻었다. 돌아보니 지나온 자리에 까만 발자국이 어지럽게 찍혀 있었다. 2층으로 가는 계단을 보았다. 검은 눈이 소복이 쌓인 것으로 보아 화재 후 누구도 2층으로는 올라가지 않은 듯했다. 2층으로 가 보니 발화점이 1층에서 시작돼 2층은 상대적으로 그을음이 덜했다. 세 개의 나무문이 보이자 차례로 문고리를 돌렸다. 첫 번째 방은 텅 비어 있었다. 벽에는 삐뚤어진 작은 액자가 걸려 있었다. 전미령의 죽은 아들의 사진이었다. 그 방의 응축된 슬픔이 도화를 휘감는 것 같았다. 다시 밖으로 나와 두 번째 문을 열었다. 은은한 벚꽃색 벽지로 도배된 방에는 카메라 없이 삼각대만 놓여 있었다. 마지막으로 세 번째 문을 여니 화장실이었다. 창이 막혀 있어 내부가 어두웠다. 뿌연 거울에 피폐한 도화의 얼굴이 비쳤다. '너 어디로 가고 있는 거냐.' 그러다 소변이 마려워 변기에 앉자 차가운 기운이 송곳 끝처럼 피부를 훑었다. 그래도 오줌은 잘만 나왔다. 다시 바지를 올려 입고 수도꼭지를 틀었지만, 단수라

갈색 물만 찔끔찔끔 나오곤 멈췄다. 체념하고 선반을 열자 하얀 수건이 가지런히 개어져 있었다. 수건과 수건 사이에 살짝 삐져나온 비닐이 보였다. 그걸 주욱 뽑자 투명 비닐 속에 뿌리째 뽑힌 이빨들이 보였다. 모두 세척되지 않았는지 피가 엉킨 채 굳어 있었는데, 한눈에 보아도 이빨이 열 개는 넘었다. 도화는 이빨을 그대로 주머니에 넣곤 선반을 닫았다. 심장이 쿵쾅거려 다급히 1층으로 내려가 밖으로 나왔다.

도화는 경찰서에서 자신이 이빨을 건네는 장면을 떠올렸다. 그렇다면 경찰은 이렇게 물을 것이다. '당신은 왜 살인 사건이 난 집에 들어가 이빨을 들고나왔죠?' 뭐라 대답해야 할지 떠오르지 않자 도화는 결국 그대로 오피스텔로 돌아왔다.

이빨에 뒤엉킨 피를 보았을 때 위생상 차가운 곳에 보관하는 게 옳겠다 싶어 냉장고 야채 칸에 넣었다. 키쇼는 찾지 못했고, 이빨이라니…… 난감했다.

긴 샤워를 마치고, 제2방폐장 건립 주민 투표 결과를 확인하기 위해 지역 신문을 검색했다. 무효표 13퍼센트, 반대 43퍼센트, 찬성 44퍼센트로 재투표가 결정되었다. 20년 전, 주민 투표법이 도입되고 첫 방폐장 건립 주민 투표가 있었다. 그때는 찬성표가 90퍼센트가 넘었다. 그래서 수월하게 중저준위 방폐장이 완공됐다. 당시엔 그것만 지어지면 동네 개도 만 원짜리를 물고 다닐 만큼 부자가 되리라는 믿음이 퍼졌었다. 하지만 지난 세월 동안 사람들은 방폐장으로 돈을 버는 건 극소수이며, 동네에 흉흉한 소문이 돌게 한다는 걸 학습했다. 그런데도 방폐장을 유치하자는 쪽이 많다는 것에 도화가 놀라고 있을 때, 띵동— 벨이 울렸다. 외시경 너머로 타멜이 서 있었다. 도화가 도어체인을 풀고 문을 열었다. 타멜의 양손에는 깔끔하게 포장된 짜파티와 보온병이 들려 있었다.

"찌아 배달 왔다."

"엥?"

"도대체 왜 전화를 안 받아? 내가 여기 몇 번이나 왔는 줄 알아?"

툴툴거리는 타멜은 걱정을 많이 한 것 같았다.

"내가 이 일에 끼지 말랬잖아."

"아무래도 그건 못 지키겠어. 그리고 내 도움이 필요할 텐데."

"그게 무슨 소리야?"

"키쇼라는 애 찾는다며?"

"어떻게 알았어?"

타멜은 영두에게 연락해 도화가 찾는 게 뭔지를 물었다고 했다.

"아무튼…… 그 목사는 진짜, 옛날이나 지금이나 입 싸."

타멜이 포장을 풀며 물었다.

"밥은 먹었어?"

"아니."

"뭐든 먹으면서 합시다, 누님."

도화가 짜파티를 입에 넣고 오물거렸다.

"못 찾았다. 키쇼."

"나도 좀 알아봤거든."

"뭐를?"

"우리 나이트클럽 왕매니저가 이 동네 마사지 업소를 잘 안다는 거야. 그분 통해서 알아봤는데, 창주 바닥 마사지 업소가 고만고만한데…… 네팔 여자는 드물기도 하지만, 차미바트라는 여자는 본 적이 없다네."

도화가 보온병에 담긴 찌아를 따르며 타멜의 말에 집중했다. 황정수와 차미바트가 마사지 업소에서 처음 만나 불륜에 치달았다는 건 신빙성이 없는 진술이었다. 그렇다면 그녀가 말한 대로 파쳇집, 즉 물진산업에서 황정수를 처음 만났다는 쪽이 진실이었다.

"누님, 나도 끼워줘야 해."

"왜?"

"이제 이건 네팔 사람끼리의 일이기도 하거든."

물진산업에 접근했을 때 도화가 한국인이라는 건 약점이

었다. 만약 타멜이 움직였다면, 그 안에서 일하는 사람들 사이로 자연스레 접근할 수 있었을 것이다.

"물진산업에 키쇼가 있는 거 같아. 그런데 무슨 높은 일을 한다고도 하고…… 염소를 구하러 다닌다고도 하고…… 통 모르겠어."

"염소?"

타멜도 갸우뚱했다.

"한국에 사는 네팔리가 네팔리를 찾는 게 빠를 거야."

"괜찮겠냐?"

"내 일이기도 하니까. 네팔리의 일이니까."

도화가 졌다는 듯 끄덕였다.

"누님, 그런데 키쇼 찾으면 어쩔 거야?"

"수사 당시에도 허위 통역이 있었는지 확인하고 싶어. 지금으로선 짐작이 맞는 거 같아. 그렇다면 도대체 누가 시켰고 왜 허위 통역을 해야 했는지…… 물어볼 수 있을 거 같아서."

"다른 정보는 없고?"

"사장이 혼자 파쇄해. 건물 뒤로는 열 개의 녹색 컨테이너가 있어. 스마트팜이야. 새벽에 사장이 나타나서 자물쇠를 푸는데 거기서 사람들이 나와."

"외노자들이 자물쇠가 걸린 컨테이너 안에 있다고?"

타멜이 미간을 구기며 찌아를 소주처럼 원샷으로 들이켰다.

"참 구리다. 한국."

"그렇지. 막상 컨테이너 문을 열면 대형 버스를 탈 때까지 시간이 짧아. 그때 누구든 접근해야 해. 키쇼를 아느냐고…… 혹은 당신이 키쇼인지……."

"가까이 다가가면 찾을 수 있을 거야."

"그럴까?"

"그 대형 버스는 언제 오지?"

"대략 새벽."

"시간과 장소는 문자로 보내줘."

문득 도화는 네팔 소녀가 눈에 밟혔다.

"응."

타멜이 손바닥만 한 책을 내밀었다. 손때가 한껏 묻은 너덜너덜한 페이퍼백으로 네팔어가 쓰여 있었다. 책 제목은 '힌두 신들의 세계(हिन्दू देवताहरूको संसार)'였다.

"이게 뭐야?"

"친구들한테 물었더니 주더라고. 접혀 있는 곳을 보면 돼."

"응?"

"누님이 지난번에 파란 남자에 관해 물었잖아."

"아! 고마워."

타멜이 자리를 떠나자, 도화는 남은 찌아를 더 들이켜며 접혀 있는 부분을 펼쳤다.

아파스마라(अपसमार)에 대한 설명이 나왔다. 몸이 파랗고 왜소한 난쟁이가 칼을 들고 있었다. 아파스마라는 힌두교에서 무지의 상징이다. 그리고 무지는 반드시 악행을 부른다. 아파스마라는 무질서와 혼란을 좋아한다. 하지만 결국은 시바의 발에 밟혀버린다.

책장을 천천히 넘기다, 탈레주(तलेजु) 챕터가 나왔다. 탈레주 여신이 바로 쿠마리다. 도화가 유심히 책을 읽어나갔다.

─तलेजु देवी नेपालका मल्ल राजवंशसँग घनिष्ठ हुनुहुन्थ्यो। तर राजा देवीलाई बलात्कार गर्न खोज्दा, देवी क्रोधित भएर राज्य छोडेर गइन्। पछि राजाले क्षमा मागेपछि तलेजु देवीले एक सानो केटीलाई आफ्नै अवतार बनाई पूजा गर्न आदेश दिनुभयो। यो नै कुमारी प्रथाको सुरुवात हो। (탈레주 여신은 네팔 말라 왕조와 가까웠다. 그런데 왕이 여신을 겁탈하려 하자 분노해 왕국을 떠났고, 이후 왕이 사죄하자 탈레주가 어린 소녀를 자신의 화신으로 삼아 섬길 것을 명령했다. 이것이 쿠마리 제도의 시작이었다.)

이어 도화는 어떤 한 줄에서 멈췄다.
─पासा खेलको दौडान (주사위 게임을 하던 중)

탈레주 여신이 왕과 주사위 게임을 하던 중에 왕이 성적으로 접근한 것이었다. 여신이 주사위 게임을 좋아했나?

다음에 접힌 부분으로 넘어가니 밑줄이 쳐져 있었다. 도화를 안내하기 위해 친 건지, 책의 주인이 친 건지 알 수 없는 밑줄이었다.

―तेस्रो आँखाले मानसिले देखेजस्तो देख्दैन। यसले प्रत्येक अस्तित्वको आत्माको वास्तविक स्वरुप छेडेर देख्छ।(제3의 눈은 인간이 보는 것처럼 보지 않는다. 각 존재의 영혼의 본모습을 꿰뚫는 형상으로 본다.)

그렇다면, 파란 남자의 본모습은 어떨지 도화는 궁금했다.

※

같은 시간, 물진산업 파쇄기 앞에 서 있는 남자도 '누구일까'라는 질문을 곱씹고 있었다. 초록색 마티즈를 타고 간 마르고 검은 쇼트커트의 동양 여자. 하지만 생각은 길게 이어지지 못했다. 남자의 귀에서 또 그 소리가 들려왔기 때문이다. '그날' 이후 계속 들렸다. 마치 고막 속에 벌레가 앉아 빠지지 않는 것처럼 지독하게 울려댔다. 무당도 찾아가보고, 절도 가고, 성당 고해소 안에 하염없이 앉아 있어보기도 했지만 소용없었다.

그때 가루가 날리는 탁한 공기를 획획 저으며 재만이 들어왔다.

"제가 이 집안의 집사 변호사도 아니고 막 부르고 그러십니까? 김후중 씨?"

"사장님이라고 불러요."

남자는 자신의 이름을 재만이 함부로 부르는 게 몹시 싫었다. 후중이 특유의 느릿하고 둔탁한 말투로 말했다.

"며칠 전에 와이프 보려고 빵에 갔었지. 한때는 생활을 같이 한 사이니까. 영치금이라도 넣어주려고 했지. 그런데 말입니다, 내가 접견 신청을 하려는 날에 다른 사람이 이미 예약이 되어 있더란 말이죠. 가족 아니면 변호인 쪽인데. 교도소에 문의해서 이름을 알아봤죠."

재만은 그제야 후중이 자신을 부른 이유가 무엇인지 감이 왔다.

"누구라던가요?"

"장도화? 법정 통역 했던 여자."

재만은 의외라고 생각했다.

"차미바트한테 접견 신청을 했다고요?"

"변호사님, 설렁설렁 일하는 거 아니죠?"

"그럴 리가요. 잘 마무리됐잖아요."

"그 여자 사진 있어요?"

재만이 스마트폰에서 도화 사진을 보여줬다. 후중은 도화가 초록색 마티즈의 그 여자라는 걸 바로 알아봤다.

"맞네, 그 여자. 여기에도 왔었는데."

"여기도 왔다고요?"

"차미바트에게 들었나 본데요. 뭘 들은 걸까요? 여기까지

온 걸 보면."

재만이 양복 주머니에 넣고 있던 손을 빼 파쇄기를 짚었다.

"여기 사람 들어갑니까?"

"구겨서 썰면 들어가죠. 통역하는 여자 이상한 낌새 보이면 이리로 데려와요. 넣어버리게. 쥐도 새도 모를걸요."

"하하하. 사장님 농담도 참. 하하하."

후중은 웃지 않았다.

"똑바로 해요."

"제가 사장님 명령 듣는 건 아니잖아요. 저한테 이래라저래라 하실 군번은 아닌 거 같아요. 듣자 하니 이 일이 이렇게 지독하게 꼬인 것도 사장님 실수라고."

"내 실수가 네 지갑에 돈 꽂아준 거 아닌가요?"

"그 정도 돈 가지고 뭘 생색을."

재만이 여유롭게 웃으며 말하자, 후중이 눈동자를 크게 뜨고 노려봤다. 재만은 꿈쩍하지 않고 그저 지금이 그간 궁금했던 걸 묻기 좋은 타이밍이라 느꼈다.

"사장님, 근데 그날 그 집에서 무슨 일이 있었던 거예요?"

후중이 입을 다물었다. 하지만 재만은 궁금한 게 생기면 그 자리에서 해결해야 직성이 풀렸다.

"직접 못 들으면, 어쩔 수 없죠."

재만이 어딘가로 전화를 걸더니 스피커폰으로 돌렸다.

"아! 변호사님! 안녕하세요."

그 목소리는 천백우였다. 후중의 표정에 긴장이 서렸다. 마치 주인의 목소리를 들은 개 같다고 재만은 생각했다.

"안녕하세요. 너무 늦은 시간에 죄송하게 되었네요."

"아닙니다. 어느 때라도 환영입니다."

"다름이 아니옵고요. 제가 지금 물진사장님과 독대 중입니다."

"예? 후중이랑요?"

"네, 사장님이 직접 절 이곳으로 부르셨네요."

"아니…… 감히 변호사님을 오라가라 하다뇨! 제가 죄송합니다."

"이거 스피커폰입니다. 사장님도 같이 듣고 계세요."

"후중이 너! 왜 변호사님 직접 부르고 지랄이냐?"

스피커폰에서 천백우의 목소리가 쩌렁쩌렁하게 울려 퍼졌다. 후중은 보이지 않는데도 두 손을 가지런히 모았다. 재만은 그 손을 통쾌하게 비웃으며 바라봤다. 천백우는 계속 다그쳤다.

"김후중! 내가 너 사장 자리 앉게 해줬더니…… 기고만장이냐? 인간 같지도 않은 새끼 데려다가 먹여주고 입혀주고 사람답게 살게 해줬더니…… 변호사님한테 무례하게 뭔 짓이냐. 우리 도우라고 대단한 분이 여기까지 보내셨어. 네 뒤처리

변호사님이 다 해주고 있잖아. 네가 했던 그 실수 땜에!"

재만이 이때다 싶어 천백우의 말을 자르고 들어왔다.

"제가 그 지점이 궁금하거든요. 왜 그런 말도 안 되는 실수가 일어났는지요."

"아, 네. 말씀드려 지금. 그 어이없는 이유 말이야."

후중이 고개를 숙인 채 입을 열었다.

"그날 제가 두 사람을 찔렀습니다."

재만이 말을 중간에 가로채며 마치 금시초문인 듯 다시 물었다.

"누굴 찌르셨어요?"

"그 남자와 그 여자."

황정수와 전미령이라는 이름을 굳이 언급하지 않고 후중은 계속 말을 이었다.

"그리고 제 아내를 찌를 차례였는데…… 갑자기 다른 게 보였습니다."

재만이 궁금했던 건, 바로 이 지점이었다.

"그러니까 도대체 뭐가 보였다는 거냐고요."

그날 그 집에서 후중은 바닥에 기름을 부어 불을 붙인 후 식칼로 전신 마취 상태인 황정수와 전미령을 가차 없이 찔렀다. 그 옆에 차미바트가 의식을 잃은 채 누워 있었다. 그런데 갑자기 화염 속에서 차미바트의 이마 중앙이 갈라지면서 눈이 떠졌다. 연기 때문에 잘못 봤나 싶어 후중이 눈을 비비고 차미바트를 찌르려는 순간 이마의 검은 눈동자가 또렷이 후중을 보았다. 그 눈은 사람의 것으로는 보이지 않았다. 그렇다고 짐승의 것도 아니었다. 영롱한 검은 돌이 박힌 듯했는데, 모든 걸 꿰뚫어 봐 마치 후중의 전생과 이생, 후생까지 단번에 투시한 듯했다. 완전히 빨가벗겨진 듯한 수치심은, 얼얼한 공포감으로 변했다.

"눈깔이 이마에서 떠졌어요. 그 눈이 절 보고 있었고요."

후중의 답에 재만이 헛웃음을 키득거리며 주위를 둘러봤다. 천장에 강박적으로 많은 CCTV가 달려 있었다.

"혼자 계시는 분이 뭘 그렇게 찍고 계세요? 혹시 그 눈깔 귀신이라도 올까 봐 그러세요?"

후중이 대답하지 않자, 재만이 스마트폰에 대고 이어 말했다.

"급한 궁금증은 풀렸으니 이만 끊겠습니다."

"변호사님, 고생 많으십니다."

"아닙니다. 들어가십쇼."

"네, 조심히 들어가세요."

통화가 끝나고 재만이 후중의 코앞까지 얼굴을 들이밀었다.

"저는 제 일을 할 테니, 사장님은 사장님 일을 잘하십쇼. 주민 투표가 다시 재투표에 붙여졌어요. 이번엔 이겨야 합니다. 그러니까 조용히, 젠틀하게…… 오케이?"

후중이 무표정하게 끄덕였고, 재만은 후중의 어깨를 툭툭 치고 돌아 나갔다.

이른 오전에 오피스텔 초인종이 울렸다. 또 타멜인가? 보온병을 가져가려고 왔나? 외시경도 보지 않고 도화는 부스스한 채로 문을 열었다. 양복 차림을 한 재만이 흐트러짐 없이 반듯하게 서 있었다. 입이 다물어지지 않은 채 넋 놓고 서 있는 도화를 재만이 어디로 튈지 모르는 날카로운 눈빛으로 바라봤다.

"누구 기다리는 사람 있어요? 여자 혼자 사시는 분이 확확 문을 여시고……. 이럼 위험해요, 통역사님."

"여길 어떻게?"

"제가 피고인에게 가봐야 해서요."

"차미바트 재판은 끝났잖아요."

"변호인이 피고인 찾아가는 게 뭐 이상합니까? 감옥에서 네팔어로 소리 지르고 난리가 아닌 모양이에요. 법정 최고형 받은 피고인을 변호사가 한 번도 얼굴 안 비추는 게 모양새가 별로죠?"

"제가 꼭 가야 할까요?"

"법정에서 한마디도 못 한 거 오늘로 퉁치시죠."

"세수도 못 했어요."

"들어가도 되죠?"

재만의 몸이 반쯤 집 안으로 들어오자, 도화가 비켜섰다.

"차? 커피? 물?"

재만이 1인용 소파에 털썩 앉았다.

"아무것도 안 마십니다."

도화는 그가 애써 이 동네 물은 피하는 것 같다고 느꼈다.

"변호사님은 누구 의뢰를 받으신 거예요?"

"왜요?"

"재판이 다 끝날 때까지도 차미바트의 가족은 보이지 않은 거 같아서…… 가족이 의뢰한 게 아니죠? 이 촌동네에 변호사님 비용 감당할 사람이 있다니 놀랍네요."

"저는 큰 분하고만 일합니다."

"어떤 큰 분?"

"통역사님."

"네."

"알 거 없으세요."

하지만 도화는 이 사건에 구재만이란 기묘한 변호사를 끌어들인 그 큰 분이라는 의뢰인이 누구인지 알고 싶었다.

"근데 재판 다 끝났는데, 서울 안 올라가셨네요?"

"네."

"아직도 같은 호텔에 묵으세요?"

"네."

"이 동네에 변호사님 격에 맞는 호텔이 있나……."

"통역사님. 세수 안 해요? 지금 택시 부를 건데 빨리하시지."

도화가 헤어밴드를 한 채 갈아입을 옷을 챙겨 화장실로 들어갔다. 물을 콸콸 틀어 세수하고 나서 청바지와 면티로 갈아입고 나오자, 재만이 문 앞에 우두커니 서 있었다.

"택시 도착했네요. 가시죠."

접견실에 들어온 차미바트가 방탄유리 너머에 앉은 도화와 재만을 차례로 보았다. 재만이 도화를 바라봤.

"통역해주세요. 그냥 우리 일상적인 대화 하는 거니까. 잘 지냈는지. 밥은 잘 먹고 있는지."

도화가 차미바트를 향해 입을 열었다.

"देवीले तपाईलाई के गर्न भन्नुभएको हो?" (여신이 당신에게 하라고 한 게 뭐예요?)

"कागजात ह्वाङ जङसुलाई दिन भन्नुभएको थियो।" (문서를 황정수에게 주라고 했어요.)

"कागजात?" (문서?)

재만이 치고 들어와 도화에게 물었다.

"뭐래요?"

"잘 먹지 못한대요. 자기 사건에 항소는 없냐고 묻고 있어요."

재만이 단호하게 차미바트를 보았다.

"항소는 없을 거라고 전해줘요."

도화가 다시 차미바트와 눈이 마주쳤다.

"केको कागजात हो?" (그 문서가 뭐죠?)

"केही वर्षअघि देखि नै कागजातहरु आउन थाल्यो। कागजातहरु एकदम धेरै थियो। भित्र के लेखिएको थियो, मलाई थाह छैन। बिलकुलै। किनकि मलाई कोरियन अंग्रेजी दुबै आउँदैन। श्रीमान्ले मलाई ती सबै ध्वस्त पार्न मात्र लगाउनुभयो।" (몇 년 전부터 문서가 오기 시작했어요. 엄청난 양이었어요. 내용은 몰라요. 전혀. 난 한국어도 영어도 모르니까요. 남편은 내게 파쇄만 시켰어요.)

도화가 재만을 향해 고개를 돌렸다.

"자기 남편이 왜 항소하지 않는지 이해할 수가 없대요."

"남편분은 찾아오지 않을 거고, 마지막으로 하고 싶은 말이 있으면 지금 다 하라고 하세요."

도화가 냉정한 톤을 유지하며 물었다.

"त्यो कागजात ध्वस्त पार्ने अफिस कसले संचालन गर्दै छ?" (문서를 파쇄하는 곳은 누가 운영하죠?)

"श्रीमान्ले हो।" (남편이요.)

물진산업에서 보았던 그 육중한 남자가 차미바트의 남편이었다. 도화는 소름이 돋음을 느끼며, 다음 질문으로 넘어갔다.

"त्यतिबिलाको अवस्थाबारे अझ विस्तृत रुपमा भन्दिनुहुन्छ?" (당시 일을 더 자세히 말해줄래요?)

"त्यो कागजात देख्नासाथ नै मलाई घृणा लाग्थ्यो। के हो भनेर नबुझीकन पनि। त्यतिबिला महिनावरी पनि रोकिएको थियो। अनि देवीको स्वर सुन्न थाल्यो। उहाँले बुझ्न नसकिने कुरा भन्नुभयो। रिसिले तातेको जस्तो। अति रिसाएको जस्तो…… त्यसैले म डराएकी थिएँ।" (그 문서만 보면 역겨웠어요. 뭔지도 모르면서요. 그때쯤 월경도 멈췄죠. 그리고 여신의 소리가 들리기 시작했어요. 이해할 수 없는 말을 했어요. 화가 나 있으니까. 너무 화가 나 있어서…… 무서웠어요.)

"देवीले त्यो कागजात देख्दा रिसाउनुहुन्छ? तपाईंलाई ध्वस्त पार्न भनिएको त्यो कागजात?" (여신이 문서를 보면 화를 내요? 파쇄하라고 했던 문서요?)

"हो, फेरि मेरो शरीरभित्र पस्छ कि भन्ने डर थियो। शरीरभित्र पसेपछि मसँगै नियन्त्रण गर्न नसकिने काम गराउने जस्तो लाग्थ्यो। त्यो कागजात आउने दिनमा तिनी ठ्याक्कै आएका थिए। श्रीमान्ले जतिसुकै पटि पनि तिनी फेरि आउँथे। एक दिन म होसमा आउँदा ह्वाङ जङ्सु कागजात बोकेर गइरहेको देखेँ। त्यो बेला देवी मेरो शरीरभित्र पसनुभएको जस्तो लाग्थ्यो।" (네, 다시 내 몸으로 들어오는 게 두려웠어요. 내 몸으로 들어와 왠지 내가 감당할 수 없는 짓을 저질러버릴 것 같았어요. 그 문서가 오는 날이면 황정수가 나타났어요. 남편에게

아무리 맞아도 다시 나타났어요. 어느 날 정신을 차렸을 때, 황정수가 문서를 들고 가고 있었어요. 여신이 내 속에 들어와줬던 거 같아요.)

도화는 갈피를 잡을 수 없었지만, 최대한 포커페이스를 유지했다.

"तिनले कसरी त्यो कागजात आउने दिन थाहा पाएर लुकेर बस्न सक्थ्यो होला? धेरै पटकसम्म?" (황정수가 어떻게 그 문서가 올 거라는 걸 알고 잠복했죠? 여러 차례나?)

"मलाई थाहा छैन। त्यो दिन आउनासाथ, मेरो शरीर काँप्थ्यो।" (몰라요. 그날이 오면, 내 몸이 떨렸어요.)

'떨렸다?' 도화는 차미바트의 말이 모호하게만 들렸다.

"तपाईंले पहिलोपटक अदालतमा बयान दिँदा, चिया पिएर होस गुमाएकी थिएँ भनेर भन्नुभएको थियो। चिया कहाँ पिउनुभएको थियो?" (당신은 처음 법정에서 진술할 때, 차를 마시고 의식을 잃었다고 했어요. 어디서 차를 마신 거죠?)

"घरमा।" (집.)

"त्यो घर भनेको…… कागजात ध्वस्त पार्ने अफिससँग जोडिएको त्यहि घर हो नि? तपाईंको लागि घर भन्नाले कागजात ध्वस्त पार्ने अफिस पनि हो नि होइन र?" (그 집이라는 게…… 파쇄 업체가 연결돼 있는 거죠? 그러니까 당신에게 집은 파쇄하는 곳이기도 하죠?)

차미바트는 도화가 자신의 맥락을 빠르게 파악하고 있다고 느껴 반가웠다.

"ठिक हो। दोस्रो तला चाहिँ घर हो, पहिलो तला चाहिँ अफिस हो।"
(맞아요. 2층이 집이고, 1층이 파쇄하는 곳이에요.)

재만이 끼어들었다.

"통역사님, 왜 말이 이렇게 길어지죠?"

도화가 자기도 답답하다는 듯 대답했다.

"자꾸 왜 자기가 여기 갇혀 있어야 하냐고 묻고 있어요."

재만이 알겠다는 듯 끄덕였다.

"그럼 확실하게 해주세요. 여기서 당신 못 나간다고. 영원히. 그러니까 그냥 얌전히 있으라고요."

"설득해볼게요."

도화의 시선이 다시 차미바트를 보았다.

"स्थानीय एनेस्थेटिकको कुरा याद छ? तपाईंको कोठामा त्यो धेरै मात्रामा फेला परेको छ। तपाईंले त्यो किन्नुभएको थियो?" (케타민 기억나요? 당신 방에서 다량으로 발견됐다고 검사가 말했어요. 그걸 불법으로 산 적이 있어요?)

"छैन नि। मलाई इन्टरनेटबाट सामान किन्न पनि आउँदैन र बाहिर जान पनि पाएको थिइन। कसरी त्यो किन्न सक्छु होला?" (없죠. 난 밖에 나가지도 못했어요. 그런데 어떻게 그걸 사나요?)

"सधैं घरमा तपाईं र तपाईंको श्रीमान् मात्र हुनुहुन्थ्यो?" (늘 집에서 남편과 당신뿐이었나요?)

차미바트가 고개를 끄덕였다. 늘 그랬다. 어둡고 두렵게 둘만 있었다.

"तपाईंले कहिल्यै आफ्नो श्रीमान्लाई त्यो नीलो मानिस हो भनेर सोच्नुभएको छ?" (당신은 남편이 '파란 남자'라고 생각해본 적이 있나요?)

도화의 질문에 차미바트의 얼굴이 파랗게 질렸다. 김후중은 차미바트를 누구와도 대면하지 못하게 했다. 한국말을 배우지 못하게 텔레비전 시청을 막았다. 차미바트가 대리 시험을 통해 한국 국적을 취득하게 한 후, 신분증을 발급받아 은행 계좌를 개설해 각종 대출을 받게 했다. 그녀는 이미 신용불량자가 돼 있었다. 장기 체납자가 되자 출국이 금지됐다. 그럴수록 더 집에 갇혀 문서만 파쇄했다. 어차피 갈 곳이 없었다. 도화는 법정에서 차미바트가 무죄를 적극적으로 인정하지 않고 애매한 고갯짓을 보였던 게 떠올랐다. 그건 수동적이고 분열적인 태도가 아니었다. 남편의 세계로 돌아갈 바에는 차라리 감옥이 낫다는 능동적인 발버둥이었다.

도화가 보기에 그녀는 청춘을 전혀 누리지 못했다.

차미바트의 침묵이 길어지자, 도화가 질문을 풀어서 또박또박 말했다.

"तपाईंको विचारमा त्यो घरमा श्रीमान्ले न हत्या गरेको जस्तो छ?" (당신 남편이 그 집에서 사람을 죽였다고 생각해요?)

차미바트는 서서히, 미세하게 고개를 위아래로 끄덕였다. 그때 교도관이 나와 접견 시간이 끝났음을 알렸다. 차미바트가 일어나 교도관을 따라가다 또렷하고 우아한 눈빛으로 도화를 돌아보며 말했다.

"सबैभन्दा डगमगाएिको र अँध्यारो दिनमा उहाँ मेरो छेउमा आउनुभयो। मृत बाख्राहरुले घेरेको बीचमा म एक्लै बिताएको त्यो रात नै उहाँले मलाई भेट्न आएको दिन थियो।" (가장 흔들리고 가장 어두운 날에 내 옆에 오셨습니다. 죽은 염소들 사이에 둘러싸여 홀로 밤을 지새웠던 그날이야말로 내게 오시는 날이었습니다.)

"तपाईंले के भन्न खोज्नुभएको केहि पनि बुझ्न सक्दिन।" (당신이 무얼 말하는지 다 알아들을 수가 없어요.)

교도관이 차미바트의 팔목을 끌자, 차미바트가 이내 돌아서 나갔다. 재만은 묘한 표정으로 발걸음이 떨어지지 않는 도화를 바라봤다.

"이제 마트로 갈까요? 일하시는 곳이요."

"네?"

"제가 와인을 사야 하는데, 도와주세요. 소박하게 100만 원대 와인으로 골라주실래요?"

"왜…… 하필 거기로 가요? 저 그만뒀어요."

"그냥 따라만 오심 돼요. 우리 통역사님 안목으로 정하고 싶어서요."

도화는 재만이 제안한 건 성사될 때까지 물고 늘어질 사람이라는 걸 알았다.

"알겠어요."

재만이 앞장서 마트 VIP 와인 창고로 들어갔다. 고급 와인 사이를 걷던 재만에게 도화가 물었다.

"그런데 왜 안 물어보세요? 차미바트가 뭐라고 했는지."
"법정에서처럼 잘해주셨겠죠."
"원하는 품종이 있으실까요?"

재만이 걸음을 멈추고 도화를 보았다.

"처음 아니죠? 접견실에서 차미바트 만난 거?"
"확인하고 싶었어요."
"뭘?"
"그 여자가 진짜 미쳤는지 확인해서 내 속 좀 편해지려고요. 마땅히 최고형을 받아야 할 사람이 미쳤다는 이유로 감형받는 게 정의가 아니라는 걸 믿고 싶어서요."

재만이 코웃음을 치며 되물었다.

"그래서요?"

도화가 절박하게 외쳤다.

"미쳤더군요. 자신이 여신이라고. 그런데 최근에 다시 여신이 나타났다고."
"내가 정의를 실현하겠다는데, 왜 그걸 통역사님이 확인하지?"

재만이 레드와인 한 병을 꺼내 거칠게 던졌다. 도화가 겨우 피한 덕에 병은 벽에 부딪쳐 깨졌다. 재만이 지갑에서 수표를 꺼내 도화의 얼굴에 휙 갈기듯 던졌다. 도화가 깨진 유리 사이로 수표를 주워 재만에게 건넸다.

"그래도 수표에 이서는 해주시고 가야죠. 그래야 변상을 하죠."

도화가 주머니에서 볼펜까지 챙겨 재만에게 건네자, 재만이 수표에 이서하고 가장 비싼 와인을 찾아들며 불만족스러운 표정을 지었다.

"내가 이래서 강남을 벗어나는 게 싫다니까. 뭐 하나 제대로 된 게 없어."

"포장해 드려요?"

재만은 대답 없이 와인 오프너를 들고 밖으로 나갔다.

흔들리는 택시에서 재만이 와인을 따 병째로 벌컥벌컥 들이켰다. 입가에 붉은 피처럼 와인이 목까지 타고 흐를 때 택시가 길가에서 멈췄다. 벙거지를 깊게 눌러쓰고 펑퍼짐한 박스 티를 입은 왜소한 체구의 네팔인이 뒷좌석에 올라탔다.

"키쇼야. 이것 좀 들어봐."

재만이 줄 이어폰을 키쇼에게 건넸다. 소형 녹음기가 재생되자, 두 시간 전 접견실에서 녹음된 소리가 흘러나왔다. 키쇼의 귀로 도화와 차미바트의 대화 소리가 들렸다. 유심히 듣고 있던 키쇼가 입술을 지그시 깨물었다. 그걸 바라보던 재만이 짐작이 간다는 듯 건조하게 미소 지었다.

"역시 완전히 다르게 통역하나 보지?"

"네."

"아무래도 너희 사장님도 나서야겠네. 그렇게 전해드려."

"네."

"그런데 말이야. 너가 차미바트 봤을 때, 진짜 미친년 같냐? 같은 동족끼리 통하는 게 있을 거 아냐."

"그 여자 안 미쳤어요."

"여신이니 뭐니 하는데? 근데 아니라고?"

"네."

"현장 검증 때 차미바트가 유가족에게 뭐라 뭐라 하던 거 기억나지?"

"네."

"그 말 알아들어?"

"몰라요."

"왜? 고대어라?"

"아마도. 그런 언어 같아요."

"보통 네팔 여자가 그런 말을 알아들어?"

"못 하죠. 인공지능도 그런 고대어는 바로 인식 못 할걸요."

"그럼, 자기도 모르는 언어를 말했다는 거네."

"네."

"둘 다 난해한 년들이네."

키쇼는 재만이 이해할 수 없다는 걸 알았다. 이런 신성한 영역은 네팔인이 아니라면 알 수 없다. 그래서 속으로만 생각했다. '신이 몸속으로 들어와 말하면, 그 말을 다시 네팔어로 통역해주는 거죠. 사람과 신을 연결하는 중간자라고 해야 할까요. 당신 같은 이방인 계급들은 모를 테지요. 영원히.'

키쇼는 치욕스럽고 더러운 노동 중에도 우아한 정신을 지켰다. 자본주의에 찌든 한국인은 불가촉천민보다 못했다. 돈만 알고 교만하고 서로를 속이는 저열함. 그렇게 생각해야만 이 세계에서 무방비로 꽂히는 모욕을 견딜 수 있었다.

"어디 내려줄까?"

"괴리염소농장으로 가주세요."

"웬 농장?"

"사장님이 시키셨어요. 제대로 된 염소 두 마리를 찾아오라고. 이제 찾았어요."

"제대로 된?"

"하얗고 뿔이 달린 염소 두 마리를 산 채로 먹을 딸 거래요."

키쇼가 눈도 깜빡이지 않고 말하자, 재만은 왠지 목이 서늘했다.

도화는 오피스텔로 들어가지 않고, 주차장에 세운 마티즈에 올라탔다. 재만이 접견실에서 녹음을 했고, 지금쯤 그 내용을 확인하고 있으리라는 건 짐작할 수 있었다. 일단 이곳을 떠나야 했다. 무작정 마티즈를 출발시켜 익숙한 궤도를 이탈했다. 한참을 달리다 외곽 도로에 듬성듬성 허름한 모텔 몇 채가 눈에 들어왔다. 그중 '러브 앤 드럭스'라는 고딕체로 쓰인 모텔 간판이 보였다. 무인 모텔이라는 게 마음에 들었다.

마티즈가 모텔 주차장으로 들어갔다. 프런트로 가니 대형 모니터가 달린 키오스크가 나타났다. 화면에 객실 사진과 호수가 보였다. 방을 선택하고 결제를 완료하자, 키오스크 구멍에서 영수증과 객실 카드가 툭 나왔다. 엘리베이터를 타고 5층에서 내리니 꼭대기 구석 방이었다. 방은 기본적인 것이 잘 갖춰져 있었고 깔끔했다. 도화는 작은 테이블에 올려진 생수를 따 약을 먹고 샤워를 했다. 드라이기로 머리를 말리고 창문을 여니, 화학 약품 냄새가 섞인 흙 내음이 도화의 코끝에 닿았다. 철근이 노출된 채 폐허처럼 서 있는 고층 건물이 보였다. 창주 내 군데군데 진행 중이던 재개발이 자주 중단됐다. 창을 닫은 도화는 그대로 침대에 몸을 뉘었다. 폭신폭신함이 적당했다. 타멜에게 물진산업 위치를 공유하며 새벽 4시쯤 보자고 문자를 보내고, 텔레비전을 켰다. 익숙한 배우의 얼굴이 나올 때까지 채널을 계속 돌리다 한 채널에서 멈췄다. 백발의 톰 크루즈의 얼굴이 화면을 채웠다. 2004년에 개봉된 영화 〈콜래트럴(Collateral)〉은 LA가 배경이다. 어느 밤, 택시 운전사 맥스는 승객 빈센트를 태운다. 그는 하룻밤에 다섯 군데를 들러 볼일을 보고 새벽행 비행기를 탈 것이라며, 택시를 통으로 빌리고 싶다고 한다. 그의 '볼일'이 킬러의 업무라는 걸 모르는 맥스. 그는 살 수 있을까?

도화는 그 질문을 자신에게 대입했다. '나는 살 수 있을까?' 뭔가 미친 세계에서 지독한 것들에게 걸려들었는데? 아니다. 도화 스스로가 걸려들어 줬다. 네팔에서 '그 일'을 겪고 한국으로 도망치듯 돌아오던 비행기에서, 도화는 앞으로 살아갈 방식을 결정했다. '서서히, 끝'이라고……. 그러니 어쩌면 이 상황이 도화에게 왔다기보단, 이런 상황을 도화가 기다렸다고 할 수 있을지도 모른다.

영화의 엔딩을 보지 못하고 잠이 들었다. 다시 눈을 떴을 때 시계는 새벽 3시를 알리고 있었다. 도화는 벌떡 일어나 다시 마티즈에 올라탔다.

푸른 새벽에 도화가 향하는 곳은 물진산업이었다. 그때 마티즈가 한 대의 봉고 차와 스쳤다. 봉고 차의 운전석에는 후중이, 보조석에는 네팔 소녀가 타고 있었다. 도화는 그대로 봉고 차를 보낼 수가 없었다. 급히 유턴해 봉고 차를 따라가면서 도화는 타멜에게 전화로 상황을 설명했다.

"타멜아, 물진 도착했니? 너 혼자 키쇼를 찾아볼래? 난 여기 사장을 쫓아갈게."

"알았어. 나한테 맡겨."

봉고 차는 서서히 낯익은 길로 들어섰다. 그러더니 익숙한 불탄 집에서 멈춰 섰다. 마티즈는 골목 코너를 돌지 않고 봉고 차를 지켜봤다. 후중이 트렁크를 열어 공업용 봉지에 쌓인 크고 묵직한 걸 어깨에 둘러 업은 후 보조석에서 네팔 소녀를 끌어 내렸다. 이어 둘은 함께 집 안으로 들어갔다.

도화도 차에서 내려 그 집으로 갔다. 닫힌 현관문을 지나 건물의 측면으로 발걸음을 옮기니 깨진 유리 잔해들이 바닥에 널브러져 있었다. 젖혀진 커튼 사이로 거실 창문의 틈이 보여 도화는 그 틈으로 안을 지켜봤다.

내부에서는 후중이 시체 윤곽선을 내려다보고 있었다. 그러더니 공업용 비닐에서 막 목이 따여 죽은 뿔 달린 염소 두 마리를 시체 윤곽선에 맞춰 털썩 내려놨다. 이어 네팔 소녀에게 죽은 염소들 사이에 앉으라고 지시했다. 네팔 소녀가 덜덜 몸을 떨며 앉았다.

"떨지 마! 두려워하지 말라고!"

네팔 소녀는 한국어를 조금은 알아들었다. 아랫입술을 꽉 깨물며 두려움을 감추려 했다. 후중의 귀에는 계속 같은 소리가 들렸다. 그 존재는 보이지 않았다.

"त्वं मम पार्श्वे बलिः भविष्यसि।" (너는 내 곁에서 제물이 될 거야.)

후중이 허공에 식칼을 휘둘렀다.

"검은 머리에 검은 눈동자, 네팔 여자아이, 죽은 염소 사이에서도 하룻밤 동안 울지 않으면…… 쿠마리가 된다. 와! 와 보라 그래!"

네팔 소녀가 피부의 잔털까지 바짝 서며 울음을 터뜨렸다.

"안 닥쳐!"

그때 후중에게 죽은 염소 속에 하얀 애벌레가 바글바글 기어다니는 모습이 보였다. 이어 애벌레가 각양각색의 나비 떼로 우화했다. 팔딱거리며 날아오른 나비 떼가 후중의 몸에 빈틈없이 붙어 살을 갉아 먹기 시작했다.

창 너머 도화의 시선에서는 후중이 홀로 발작하듯 발버둥치는 모습으로 보였다. 이 기괴한 의식은 무엇을 위한 것인가. 후중이 식칼을 휘두르는 걸로 봐서는 네팔 소녀가 쿠마리로 화(化)하면 단칼에 죽이려는 것 같았다.

집 맞은편 무인 가게의 간판이 예고 없이 켜졌다. 푸른 불빛이 거실까지 들어와 후중을 비췄다. 찰나의 순간, 도화는 보았다. 후중의 몸이 급격히 작아지더니 파란 남자가 괴팍한 춤사위를 추고 있었다. 섬뜩함에 뒤로 주춤하던 도화가 바닥에 떨어져 있던 흩어진 유리 파편을 밟고 말았다. 빠직— 그

소리에 창문을 바라본 후중과 도화의 눈이 마주쳤다. 갑작스레 박히는 시선에, 도화의 다리는 나아갈 방향을 잃었다. 그 사이 후중이 현관문을 박차고 나왔다.

"그 통역사?"

후중이 도화의 스마트폰을 빼앗아 바닥에 던져 밟아버렸다. 꽉꽉! 액정이 박살 났다. 순식간에 벌어진 일에 당황한 도화는 떨고만 있었다.

"문서가 뭔지를 찾는 건가? 그런 말을 했다지……? 차미바트하고? 접견실에서? 왜 그게 궁금해?"

"그게 무슨 말씀인지……."

"고맙네. 내가 일 끝나고 그쪽 집으로 가려 했거든. 그런데 직접 날 찾아와주고 말이야."

도화가 서서히 발길을 뒤로 돌려 골목길 쪽으로 뛰기 시작했다. 후중은 뛰지 않고 멀어져가는 도화의 뒷모습을 보며 느린 걸음으로 걸었다.

골목을 벗어나자 도화의 눈앞에 파출소가 나타났다. 그대로 파출소 문을 박차고 들어갔을 때 순경이 보였다. 도화가 헉헉거리는 사이 후중이 문을 열고 들어왔다. 순경이 반갑게 웃었다.

"사장님!"

후중이 뒷짐을 지며 말했다.

"출출해서. 치킨 어때?"

부소장이 거들었다.

"좋죠. 세 마리 콜!"

도화가 서서히 돌아서 밖으로 나가려 하자, 순경이 불러 세웠다.

"무슨 일이시죠?"

도화가 시선을 바닥에 꽂은 채 물었다.

"전화 좀 써도 될까요?"

순경이 친절하게 수화기를 들어 도화에게 건넸다.

"그럼요."

도화의 머릿속에 떠오르는 번호는 타멜뿐이었다. 후중이 무표정하게 순경에게 말했다.

"거기 배달 누구지? 같은 앤가?"

"그럴걸요. 사장님이 이 동네 모르는 분이 어딨어요."

그 말에 도화가 다이얼 패드에 번호를 꾹꾹 누르다 말고 수화기를 내려 후중을 똑바로 보았다.

"사장님…… 저도 치킨 먹고 싶어요."

부소장이 박수를 치며 화답했다.

"아! 두 분 아는 사이셨구나. 네 마리 시킬게요!"

한편, 적막한 녹색 컨테이너 앞에 오토바이를 세우고 대기

하던 타멜은 궁금했다. '도화는 괜찮을까.' 그때 그랜저가 멈추더니, 운전석에서 벙거지를 쓴 사람이 내려 컨테이너 자물쇠를 하나씩 열었다. 사장이 해야 할 업무를 대신하러 온 듯했다. 컨테이너 문이 하나씩 열릴 때마다 사람들이 뒤섞여 나왔다. 타멜이 쏟아져 나오는 생기 없는 인파 사이로 스며들듯 들어갔다. 벙거지에 얼굴이 반쯤 가려져 눈이 보이지는 않았지만, 그는 낯선 시선이 자신을 보고 있다는 걸 느낀 듯했다. 타멜은 차미바트의 유튜브 영상을 반복해서 보았는데 수사 당시 통역인의 체구 느낌이 벙거지와 비슷했다. 곧 대형 버스가 도착하고 모두가 멍한 표정으로 일사불란하게 올라탔다. 버스가 출발하고 벙거지가 혼자 남자 타멜이 서서히 다가갔다.

"키쇼?"

"넌 뭐야?"

"나는 타멜이야."

"꺼져."

"너 아까 보니 운전도 하더라. 불법 체류자가 운전도 하고. 참 내, 쯧쯧. 말세다. 차는 사장님 그랜저 빌려 탔니? 네 코리안 드림 좀 듣자."

더 이상 뒤로 갈 곳이 없자 키쇼가 타멜을 향해 무작정 돌진했다. 타멜이 흙을 주워 키쇼 눈에 휙 뿌리고 가슴팍을 발로 팍! 찼다. 키쇼가 순식간에 뒤로 자빠졌다. 어쭙잖게 주먹을 획획 허공에 날렸지만, 키쇼는 다시 퍽! 타멜의 가벼운 발차기 한 방에 쓰러졌다. 키쇼 위로 올라타 얼굴에 주먹을 날리려던 타멜의 손이 멈췄다. 벙거지가 벗겨진 키쇼의 얼굴은…… 여자였다. 선이 여리고 맑은 인상이었다. 타멜은 키쇼가 남자 행세를 할 만큼 거칠고 더러운 판에 꼈구나 싶어 안타까웠다. 이어 타멜과 키쇼는 한국어와 네팔어를 어지럽게 뒤섞어가며 말하기 시작했다.

"수사 때 허위 통역 했냐? 차미바트 사건?"

"법정에서도 한 게 경찰 수사에서 어려울까?"

"왜 남의 나라 와서 사기 치고 다녀."

"너는 아니야? 여기가 네 나라인 것처럼 말하네. 너 어디 사람이야?"

키쇼가 자극하자, 타멜이 외쳤다.

"나 자랑스러운 네팔리다! 내가 꼰지르면 넌 바로 추방이야. 존나 후달리지?"

"그럼, 당신은? 당신은 추방 안 돼?"

"나? 난 한국어 시험 보고, 세금 내고, 너랑 급이 달라."

키쇼가 입에 피를 흘리며 건조하게 미소 지었다.

"한국 애들한테 빌붙어서 사니까 좋아?"

타멜은 심기가 불편해졌다. 키쇼가 타멜을 향해 퉤! 피를 뱉었다.

"네팔 사람이면 부끄러운 줄 알아! 그 여자를 진짜 믿어?"

"누구?"

"차미바트 말이야."

"무슨 소리야?"

키쇼는 온 얼굴을 찡그려 혐오를 보였다.

"그 여자 죽어버렸으면 좋겠어."

타멜은 키쇼의 말을 이해할 수 없어 어리둥절했다.

"나도 처음엔 미친년이다 했다. 그런데…… 도와야지. 같은 네팔리잖아."

"미치지 않았어. 그 여자!"

"어?"

"그 여자는 쿠마리 여신이었어. 통역할 땐 실없는 소린가 했지. 그런데 맞더라고. 우리 여신이 대한민국 땅에서 범죄와 연루되었다고? 그것도 살인?"

"진짜 쿠마리라고? 뻥까지 마! 네팔 여신이 한둘이냐? 지역마다 있는데……."

키쇼가 고개를 돌렸다.

"국가의 큰 사건들을 누가 예언했어? 왕이 죽었을 때 누가 맞혔어? 어떤 여신이야?"

타멜은 그 질문에 서서히 진지해졌다.

"그야…… 더르바르 광장의 쿠마리 사원의 그……."

"그래! 로열 쿠마리. 당장 검색해봐. 역대 쿠마리들!"

"말도 안 돼! 이게 뭔 개수작이냐?"

"우리가 가난해도, 우리의 자부심은? 우리 신의 자부심은? 당신도 조용히 있는 게 좋을 거야."

"헛소리 지껄이지 말라고!"

"이미 치욕적인 일을 한 거야. 로열 쿠마리였던 여자가 한국 경찰에게 잡힌 것만 해도. 이건 그들의 일이 아니야. 우리의 일이지. 우리 신의 명예 문제라고!"

타멜이 흔들리는 사이 키쇼가 몸을 누르고 있던 타멜을 확! 밀치고 그랜저로 황급히 뛰어갔다. 시동 엔진이 걸리는 소리와 함께 그랜저가 순식간에 타멜을 향해 돌진했다. 겨우 몸을 피한 타멜이 흙 위에서 뒹굴었다.

도화와 후중, 순경, 부소장은 치킨을 중심으로 둥글게 둘러앉아 있었다. 순경이 닭다리를 들어 후중에게 두 손으로 건넨다.

"사장님, 잘 먹겠습니다."

후중이 닭다리를 한입에 뜯어 먹었다. 부소장이 치킨무 포장을 뜯어 후중 앞으로 놓았다.

"지금에서야 하는 말이지만, 그때 그 몰골로 들어오신 게 사모님인 줄은…… 글쎄! 브라자랑 빤스 차림이었다니까요. 피를 뒤집어쓰곤."

순경이 지금도 으스스한 듯 받아쳤다.

"우리 사장님 어떻게 그런 분을 참고 사셨어요. 참 딱하셔요. 어떻게 만나셨어요?"

후중이 닭을 질겅질겅 씹었다.

"결혼하고 싶었지. 근데 나 여자들이 말 많은 거 딱 질색이야. 그래서 한국말 못하는 여자를 찾았어. 네팔 결혼 업체 통해서 카트만두에 갔지. 여신이었던 여자 어떠냐는 거야. 엄청 어리다고. 자기가 말 잘해주겠다고 했어."

"몇 살 차이세요?"

"스물다섯 살 차이야."

"우리 사장님 너무 어린 것만 봤네."

"그래도 왠지 여신이라니까 꼴리지 않아? 그래서 내가 말 잘해달라고, 나 돈 많다고 했지. 나이도 속이고 말이야."

"여신이요? 아! 네팔의 아이돌 같은 거구나. 우리 사장님 다음엔 러시아로 가십쇼."

무표정하게 있던 도화가 처음으로 입을 열었다.

"부인이 네팔리면, 네팔 말 좀 하시겠어요? तपाईं नै त्यो नीलो मानिस हो नि, होइन र? मलाई त त्यस्तै देखिन्छ……। (당신이 파란 남자인 거죠? 나는 그렇게 보이는데…….)"

2장 파란 남자　　183

도화의 질문에 후중이 말똥말똥하게 바라만 봤다.

"이거 기초적인 네팔어인데, 좀 더 쉽게 물을까요? तपाईंले त्यहाँ घरमा मान्छे मारेको हो नि? (당신이 그 집에서 사람 죽인 거지?)"

그 순간, 후중의 얼굴이 급격히 일그러지며 도화의 손목을 훅 잡아끌었다.

"씨발년아! 가자."

놀란 순경과 부소장이 벌떡 일어나 도화와 후중을 번갈아 보았다.

"네팔어로 욕하셨어요? 사장님, 좀 참으세요. 사장님……그래도 여자잖아요."

"넌 오늘 뒈졌어."

그때 치킨 아래로 피가 뚝뚝 떨어졌다. 도화의 코에서 피가 흐르고 있었다. 이어 입에서도 훅 피가 흐르기 시작했다. 후중에게는 피가 뒤엉긴 염소의 심장이 쿵쾅쿵쾅 뛰고 있는 모습이 겹쳐 보였다. 후중의 동공이 터질 것처럼 커졌다. 쾅! 소리와 함께 도화가 바닥으로 꼬꾸라지며 시야가 까매졌다.

"**उत्थापयति।**" (일어나라.)

그 목소리가 도화의 귓가에서 속삭였다. 서서히 눈을 뜨자, 흐릿한 시선으로 천장 가득 거대한 눈동자가 도화를 내려다보고 있었다.

"उत्थापयति" (일어나라.)

눈동자가 한 번 깜박이자 검은 물이 홍수처럼 마구 쏟아졌다. 검은 물벼락을 맞고 도화는 "헉!" 하며 몸을 일으켜 세웠다. 정신을 차려 주변을 보니 링거를 맞고 있었다. 구급차 안 응급 요원이 도화를 친절한 눈빛으로 바라보고 있었다.

"어떻게 된 거죠?"

"파출소에서 쓰러지셨어요. 순경분이 전화하셨습니다."

"다른 사람은요?"

"아까 같이 계셨던 남자분이요? 병원으로 오신답니다."

그 남자는 후중을 말하는 것이었다.

"저, 죄송하지만 잠깐 폰 좀 빌릴 수 있을까요?"

구급차는 도화의 요청으로 도로 한복판 갓길에 멈췄다. 그 뒤로 빠른 속도로 오토바이가 달려와 멈췄다. 도화가 구급차 밖으로 나와 오토바이 뒤에 올라타자마자 그대로 출발했다.

한참을 말없이 달리던 오토바이는 24시 맥도날드 주차장에서 멈췄다.

"정말 병원 안 가도 되는 거야?"

타멜이 헬멧을 벗었다.

"지금은 병원이 더 위험해."

둘은 맥도날드로 들어갔다. 타멜이 따뜻한 커피를 두 잔

가져와 자리에 앉았다.

"그 사람들이 누나 집도 아는 거야?"

"다 아는 거 같아, 다. 이젠 너도 알 거야."

"나 키쇼 만났어."

"정말? 경찰 수사 당시 허위 통역이 있었다지?"

타멜이 느린 속도로 대답했다.

"부정하지 않더라."

"역시 경찰 자백이 허위였어!"

"그만하자. 누나."

도화는 귀를 의심했다. 타멜답지 않았다.

"왜 그래?"

"차미바트 말이야. 그 여자…… 한때 여신이 맞더라고."

"그래서?"

"누난 몰라. 네팔에선 그게 어떤 의민지."

"나도 거기서 살 만큼 살았어. 왜 자꾸 선을 그어?"

타멜이 점점 흥분하며 목소리를 높였다.

"쿠마리였던 여자가 신의 자리에서 내려와 한국 감방에 있다? 이게 네팔리한테 어떤 의민지 알아?"

"뭔데?"

"유관순이 창녀라고 하는 거랑 같다고!"

도화가 테이블을 확 내려쳤다.

"미친. 안 닥쳐? 너 어떻게 그딴 말을 해?"

타멜도 똑같이 테이블을 확 내려쳤다.

"봐! 누난 모른다니까! 누난 한국 사람이니까."

타멜은 네팔 현지 친구들에게 텔레그램으로 역대 로열 쿠마리의 사진과 정보를 요청했다. 그중에서 차미바트와 똑 닮은 쿠마리를 발견했다. 타멜은 그 사진을 보며 굴욕감에 흐느꼈다.

둘은 잠시 입을 닫고 커피만 들이켰다. 한참이 지나고 타멜이 네팔어로 말했다.

"सर्वप्रथम कतै भागौं। अहिले दिदी पनि खतरामा हुनुहुन्छ। अनि झुटो अनुवाद त गल्ती मात्रै हो नि।" (일단 어디 도망가자. 지금 누나도 위험하고. 허위 통역은 실수잖아.)

"실수 아니야."

"아니라고? 그 제안을 받은 순간부터?"

"그래."

"난 누날 좋아해. 하지만 이건 못 해."

"맞아. 여기까지도 충분했어."

도화가 먼저 일어났다.

"어디로 가게?"

"그 사람들이랑 가까운 곳으로 가려고. 등잔 밑이 어둡잖아."

"무슨 소리야?"

"나 침낭 좀 빌려주라."

"트레킹 할 때 쓰던 거밖에 없는데. 엄청 두꺼워."

"빈대만 없음 돼."

"어디 롯지라도 가?"

타멜이 투덜거리면서도 걱정스럽게 물었다.

"그러고 보니 거기 롯지 같네."

도화는 침낭을 들고 내일로인력사무소 앞에 서 있었다. 그러다 때마침 영두와 마주쳤다.

"너 여기 또 왜 왔어?"

영두가 사무실 문을 열자, 도화도 따라 들어왔다. 그러곤 다짜고짜 바닥에 침낭을 깔았다. 황당하게 도화를 바라보던 영두가 기가 차 말을 더듬었다.

"뭐, 뭐, 뭐 하니, 너."

"당분간 여기 좀 있겠습니다."

"누구 맘대로?"

"제가 위험한 상태거든요. 목사님 자매 업체랑."

"물진이냐? 그나저나 여기까진 어떻게 온 거냐?"

"타멜 오토바이 타고요."

"참나. 알겠고. 바닥에선 자지 마. 병 더 도진다."

"병?"

"너 아팠다며."

"타멜이 그래요?"

"그래."

"혹시 물티슈는 있으세요?"

"물티슈로 샤워하려고 하지? 지금 히말라야 트레킹 하는 것도 아니고."

영두가 물티슈 한 통을 도화에게 던지듯 건넸다. 그러곤 작은 방문을 열었다.

"일단 왔으니까 여기서 자라. 내가 쉴 때 쓰는 방이야. 침낭을 까시든 덮으시든."

도화가 내부를 보았다. 미니 냉장고만 덩그러니 있는 자투리 방이었다.

"나 여기에 감금하고 물진에 꼰지르는 건 아니죠?"

"응! 지금부터 그럴 참이야."

"미리 말하지만 이제 나 돈 없어요."

"존나 털어보려고 했는데 미리 선수 치네."

도화가 배시시 웃으며 안으로 들어갔다. 그러다 문득 떠오르는 궁금증에 물었다.

"혹시 '아는 사람'이 목사님이에요?"

"뭐?"

"아는 사람의 아는 사람의 아는 사람…… 아니죠?"

"뭔 소리야?"

"네팔에서 날 아는 사람이 이 구린 일에 소개했다고 해서."

"몰라. 잠이나 자."

"잘 자요."

"뭘 자. 한참 일하는 중인데."

"여전히 건실하시네요."

"너 애들 왔다 갔다 할 땐 나오지 마. 금방 티 난다. 그리고 냉장고에 있는 건 마음대로 먹어라. 닫는다 문."

"나마스테."

영두가 잠시 뭉클해져 멈춰 섰다.

"진짜 오랜만이네. 그 인사."

"뜻이 참 좋은데…… 기억나요?"

"알게 뭐냐. 다 지난 일."

영두가 문을 닫고 나가자, 도화는 물티슈를 뽑아 몸 구석구석을 닦았다. 냉장고 문을 열어 보니 캔 커피와 쿠키가 들어 있었다. 침낭을 깔고 누웠다. 솜이 두껍고 폭신해 이대로 긴 잠을 잘 수 있을 것 같았다.

나마스테. '내 안의 신이 그대 안의 신을 존중합니다'라는 뜻이다. 하지만 도화는 한 번도 자신 안에 신이 있다는 확신을 느끼지 못했다.

도화는 후중이 파란 남자라고 생각했다. 하지만 어디까지

나 직감의 영역일 뿐이었다. 논리도, 증거도, 범행의 의도도 밝혀진 게 없었다. 왜 후중은 황정수와 전미령을 죽여야만 했을까. 배후가 있을까. 배후가 있다면, 누구일까.

차미바트는 황정수를 물진산업에서 처음 봤고, 당시 문서를 찾고 있다고 했었다. 황정수가 찾고 있던 문서는 무엇일까. 다시 도화는 그 질문을 곱씹었다.

―황정수가 찾으려는 그 문서는 왜 파쇄되어야만 했을까.

그러자 틈 없이 까맣게 칠해진 벽 앞에 바늘구멍만 한 빛이 새어 나오는 게 느껴졌다.

3장

이빨과 주사위

도화가 자투리 방문을 열고 나왔을 때, 자욱한 담배 연기 속에 다양한 국적으로 보이는 열여 명의 남자들이 바글거렸다.

"영두스 뉴 걸프렌드?"

놀리듯 묻는 누군가의 질문에 도화가 소파에 앉아 테이블 위에 놓인 신문을 쫙 펼쳤다.

"목사님, 참 일관성 있으시네. 여전히 여자 밝히시나 봐. 옛날에도 그러시더니…… 여전히 여자만큼 신문도 다양하게 보시네."

여러 신문 중에 《창주저널》이 눈에 띄었다. 제2방폐장 설립 추진에 관한 찬반 투표가 다시 열린다는 기사에서 방폐장에 관한 논조는 없었다. 우리는 어느 쪽의 편도 아니지만 투표를 권장한다, 정도였다. 한눈에 보아도 《창주저널》은 지역 내 첨예한 사안에 대해 두리뭉실한 입장을 취하고 있었다.

황정수와 전미령 그리고 물진산업의 김후중이 연결되는 지점에 방폐장이 있다. 그리고 황정수는 5년 전까지는 '방폐장 기사를 수차례 쓰던' 기자였다. 그가 일했던 《창주저널》에는 여전히 황정수를 기억하는 사람이 있지 않을까. 이런 생각에 이르자, 도화는 사무실 수화기를 들어 무작정 전화를 걸었다.

"안녕하세요."

"안녕하세요. 《창주저널》입니다."

막상 바로 통화가 연결되자 난감했다. 이럴 땐 단도직입밖에 방법이 없다.

"다름 아니라, 예전에 근무하셨던 황정수 기자님에 대해 여쭙고 싶어서요."

"퇴사하신 지 오래됐어요. 드릴 말씀이 없네요."

"같이 일하신 동기분과 잠시 이야기 나눌 수는 없을까요?"

"누구신데요? 왜 고인이 되신 분에 관해 물으시는 거죠?"

저쪽도 황정수의 죽음을 인지하고 있었다. 지역 신문사이니 차미바트 사건을 구체적으로 다뤘었다. 그 과정에서 사망자의 신분도 확인했다.

"차미바트 사건과 관련돼 연락드렸습니다."

"기자신가요?"

기자가 기자냐고 물으니, 말문이 막혔다.

"기자시냐고요?"

저쪽에서 재차 묻자, 도화가 겨우 대답했다.

"아닙니다."

"그런데 왜 차미바트 사건과 황정수 기자님을 묶어 물어보세요?"

"왜냐면……."

'제가 그 사건을 법정 통역 했거든요. 그리고 허위 통역이 었어요'라고 말할 수가 없어서, 말줄임표를 길게 끌었다. 통화를 하건 말건 사무실 내부에선 온갖 소음이 커졌고, 담배 연기가 자욱해졌다. 혼미해진 도화의 머릿속에 뜬금없이 오피스텔 냉장고 야채 칸에 있는 이빨이 떠올랐다. 접어둬야 했던 말이 용수철처럼 튀어나와버렸다.

"제가 이빨을 가지고 있거든요."

도화는 이 통화가 폭망했다 싶어 빠르게 수화기를 내리려 했는데, 저쪽에서 반응이 왔다.

"그 이빨이요?"

이번엔 도화 쪽에서 당황했지만, 차분히 대응했다.

"네, 여러 개요. 아시죠?"

"그럼요. 우리 기자들 다 압니다. 황 기자님이 함께 해보자고 하신 건가요?"

이젠 도화가 알 수 없는 이야기였다. 하지만 모른다는 티를 낼 순 없었다. 조금 더 이야기를 끌어야 했다.

"할 수 있는 걸 찾고 있어요."

"황 기자님 살아생전에도 말씀드렸었지만,《창주저널》은 끼지 않습니다, 그 일에. 그건 확실합니다. 이미 논의를 마친 거고요. 그래서 저희도 드릴 말씀이 없어요. 이젠 전화 끊겠습니다. 안녕히 계세요."

뚜뚜— 도화가 수화기를 내렸다. 이빨에 무언가가 있다! 하지만 당장 오피스텔에 갈 순 없었다. 그곳에 가는 순간, 재만이든 후중이든 혹은 누구든 도화를 바로 붙잡을 것이다. 타멜도 그 무리들에게 노출됐다. 영두는 물진산업을 알고 있는 인물이다. 도화가 영두와 아는 사이라는 걸 알면, 내일로 인력사무소도 더 이상 안전지대가 아니다. 도화는 아무리 머리를 쥐어짜보아도 오피스텔로 들어가 이빨을 가져다 달라고 부탁할 사람이 떠오르지 않았다.

마침 영두가 슬렁슬렁 들어와 전화기 앞에 앉아 있는 도화와 마주했다.

"너 남의 회사 전화 쓴 거냐?"

"스마트폰이 박살 났어요. 거리 어딘가에서 뒹굴고 있을 거예요. 파편만."

"그건 네 사정이고."

"대포폰 같은 거라도 지원해주시든가."

"내가 양아치냐? 무슨 대포폰을 써. 그리고 널 내가 왜 지원해?"

"그러니까…… 사무실 전화기만 지원해주세요."

"젠장. 알았다. 아! 그리고 얘네들한테 얼굴 다 팔리면 어쩌려고? 숨어 있는 거 맞냐?"

"제가 누군지 알겠어요?"

"이 바닥 존나 좁아."

"조심할게요."

영두가 뭔가가 가득 담긴 비닐봉지를 도화에게 내밀었다. 열어보니, 참치마요 삼각김밥과 육개장사발면 여러 개가 들어 있었다.

"무난의 극치군요."

"신라면은 없다."

영두가 선을 그으며 말했다. 영두는 네팔에서 도화가 신라면만 먹던 걸 기억했다. 당시 도화는 히말라야 등반을 간다면서 신라면과 위스키만 바리바리 싸 들고 갔었다.

도화는 커피포트에 물을 끓여서 사발면에 붓고 그 위에 삼각김밥을 올려 덮었다. 온기가 밥알에 스며들었다. 도화가 소파에 앉아서 천천히 한 끼를 먹는 동안, 영두는 영어와 네팔어와 정체를 알 수 없는 거친 욕 같은 슬라브어를 섞어가며 사람들을 각자의 노동 현장으로 보냈다. 도화가 라면 국물을 바닥이 보일 때까지 싹싹 긁어 먹을 즈음에는 이 공간에 둘만 남았다. 영두가 종이컵에 커피믹스를 달콤하게 말아서 내밀었다.

"너, 아는 사람의 아는 사람의 아는 사람이…… 소개했다고 했잖아."

"네. 절 네팔에서 아는 사람이라고 했어요. 정말 목사님은 아니죠?"

"쌍. 아니라니까! 나도 상황 봐가면서 사람 소개하는 사람이야. 왜 이래!"

"근데 왜 물어요?"

"왜 하필 너냔 말이지. 널 네팔에서 아는 사람이라면…… 네가 분명 일 꼬이게 할 거라는 걸 알 텐데."

"그냥 날 엿 먹이는 건 아닐까요."

"그래! 그게 오히려 말 된다. 네가 네팔에서 엿 먹인 사람들이 있으니까."

"지금은 서 대표님이 네팔이주민여성단체 운영하신다면서요?"

"춘해? 맞아. 어떻게 알았어?"

"아무래도 네팔 통역 일 하니까. 오다가다 듣게 되죠."

"네팔에서 그렇게 길게 터 잡고 일한 사람이 흔하지 않으니. 한국에서도 그쪽 자리 하나 맡겠지. 왜 서 대표 의심하냐? 네팔에서 너가 좆 되게 만들어서?"

"그냥 묻는 거예요. 겸사겸사 다들 잘 있으신가…… 싶어서."

어디로 가야 하고 어떻게 해야 할지 모르는 지금, 도화와 영두는 한때 적이기도 했고 동료이기도 했던 네팔에서의 과거가 사무치게 떠올랐다. 사실 서로를 붙잡고 한없이 그 시절에 대해 떠들고 싶은 날이 드문드문 있었다.

"네팔 안 가냐?"

"저는 못 갈 거 같아요. 아마도. 영원히?"

"그립진 않고?"

"목사님 자신한테 하는 질문인가요?"

"난 졸라 그립지. 너는?"

도화는 네팔의 수도인 카트만두의 밤거리를 좋아했다. 지혜의 눈으로 카트만두를 내려다보는 거인 불탑인 보드나트. 그 빛이 도시를 비출 때, 몸을 집어삼킬 것 같은 시끄러운 사람들과 개 짖는 소리, 콧속까지 검댕이 묻어나는 매캐한 연기 냄새 가득한 거리를 걷다 보면 더르바르 광장에서 여러 사원에 닿았다. 유적지를 보호하려는 경계선은 허술하고 지켜지지 않았는데, 그래서 더 심리적으로 가까웠다. 쿠마리 사원을 돌아 광장을 빠져나가 골목으로 들어가면, 여행객을 위한 물품을 팔아보려는 호객 행위와 왁자지껄하고 원색적인 간판이 즐비한 술집이 보였다. 도화는 '재즈만두(JazzMandu)' 간판이 붙은 입구로 들어갔다. 화려하지도 세련

되지도 않지만, 있을 건 다 있는 소박한 무대에 알록달록한 줄 전구가 반짝거렸다. 재즈의 거장 빌 에번스가 말했던 '가장 기본적인 것들을 진실하고 현실적이며 정확하게 수행하는 연주'를 하는 밴드가 늘 거기 있었다. 도화는 그 무대를 보며, 네팔리의 영혼에는 흑인의 재즈와 닿는 뭔가가 있다고 막연히 느꼈다. 도화는 그곳에서 에베레스트 병맥주를 세 병 정도 마시곤 했다.

당장 그 밤으로 돌아가고 싶은 마음이었으나 도망치듯 떠난 자는 그립다고 말할 자격도 없었다.

"그때 우리 중에 누가 먼저 망친 걸까요?"

"역시 우린 속 편하게 그 시절 이야긴 못 하나 보다."

"그런 거 같아요."

네팔을 떠올리던 두 사람 사이에 불편한 정적이 흘렀다. 그냥 포카라 하늘이 얼마나 청명했는지, 히말라야 롯지에서 먹은 닭백숙의 맛이라든가 룸비니 대성석가사에서 목욕하고 조식으로 절밥을 먹은 이야기 정도로 시간을 가볍게 때우면 좋을 텐데. 그렇게만 네팔을 떠올리기엔 도화는 가슴이 아팠다. 영두 쪽에서 말을 돌렸다.

"네가 찾는 게 뭐냐? 복잡하게 말고. 딱 키워드만 말해봐."

딱 한 단어로 말해야 한다면, 지금은.

"황정수 기자."

였다. 영두에겐 낯이 익은 이름이긴 했다.

"계속 말해봐."

"《창주저널》의 황정수 기자가 물진산업과 관계가 안 좋게 엮인 거 같아요. 기자 퇴직하고도 그랬던 건지……. 한때는 방폐장에 대해 좋게 말하는 기사를 꽤 많이 썼어요."

"뒷돈을 받았나."

영두가 다소 단정적으로 말했다.

"그럴까요?"

"그게 아니라면 그렇게 일관적으로 좋게 쓸 수 있나?"

"적어도 5년 전까진 그랬을지도요. 좀 알아봐주실 수 있을까요?"

"글쎄다. 퇴직한 기자라 쉬울지는 모르겠지만. 하긴…… 돈 준 놈은 똑똑히 기억하니까. 한번 물어나볼게."

영두가 그렇게 말하곤 사무실을 나갔다. 혼자 남은 도화는 괜히 테이블 위에 비치된 사탕 바구니를 뒤적거렸다. 그러다 무던한 체리 맛 캔디가 떠올랐다.

도화는 사무실 컴퓨터를 켜 탑건 오피스텔 1층 상가에 있는 블루헤어의 전화번호를 찾았다. 이어 수화기를 들었다.

"안녕하세요. 블루헤어입니다."

"저, 미미 임보했던…… 손님인데요."

블루헤어에 여자 손님은 장도화뿐이었다. 오직 커트를 자른다는 이유로.

"네, 손님. 알죠. 검은색 염색은 잘 먹은 거 같으신가요?"

"네, 그럼요. 제가 좀…… 많이 이상한 부탁을 드리고 싶어서요."

급하게 길냥이의 임보를 부탁받았을 때 도화는 선뜻 승낙해줬다. 덕분에 이름 없던 길냥이는 새 집사를 만나 '미미'가 되었다. 그는 여전히 도화의 호의를 내심 고마워하고 있었다.

"네, 말씀하세요."

"제 집에서 물건을 찾아서 보내주시길 부탁드립니다."

"제가 직접 손님 집에 들어가서요?"

"네, 압니다. 너무 이상한 부탁인 거."

"어떤 물건일까요?"

"냉장고 야채 칸을 열면 투명한 비닐이 있어요. 거기에 이빨이 들어 있어요."

상상도 못 한 부탁에 잠시 멍한 침묵이 흘렀다.

"이빨 하나요?"

"아뇨. 여러 개가 들어 있어요. 열 개 정도?"

"그 이빨들을 우편으로 부치라고요?"

"네."

더 긴 침묵이 흘렀다.

"집에는 어떻게 들어가나요?"

"탑건 오피스텔 1003호. 비밀번호 250528입니다."

"제가 직접 문을 열고 들어가서 그걸 찾아 보내면 된다는 거죠?"

곽 미용사는 여전히 이런 부탁이 믿어지지 않는다는 투로 되물었다.

"네, 맞아요."

"알겠습니다. 혹시 다른 건요?"

도화가 더 필요한 걸 떠올렸다.

"복층 계단 아래에 붙박이장을 열면 큰 상자가 보일 거예요. 네팔어가 쓰인 상자라 못 알아볼 수가 없어요. 그 안에 여러 엽서와 사진이 들어 있는데, 그중에 야자수가 있는 바다 사진이 있을 거예요. 그것도 같이 보내주실 수 있을까요?"

"알겠습니다. 위치는요? 어디로 보내요?"

도화가 사무실에 있는 우편물을 집어 내일로인력사무소 주소를 불렀다.

"인력 사무소라……."

"네, 맞아요."

"알겠습니다. 손님."

그렇게 전화를 끊었다. '알겠습니다. 손님'이 해주겠다는 건지 아닌지 확신 없는 마음을 다독이며, 자투리 방 침낭에 누워 잠이 들었다. 다시 눈을 떴을 때, 도화는 더르바르 광장에 있는 쿠마리 사원 앞에 서 있었다. 다시 카트만두의 거리에 섰다는 기쁨으로 주위를 둘러보는데 아무도 없고 아무 소리도 나지 않았다. 도화가 사원 안으로 걸어 들어가니, 'ㅁ' 자 형태의 3층 건물의 창문과 문기둥에 화려한 목조 장식이 보였다. 그리고 중앙 안뜰 바닥에 탈레주 여신이 앉아 있었다. 도화는 서서히 다가가 앉으며 고개를 숙였는데, 바닥엔 주사위가 놓여 있었다. 여신이 주사위를 먼저 휙 허공에 던졌고 주사위가 바닥으로 떨어졌다. 5가 나왔다. 다음으로 도화가 주사위를 던졌다. 이번엔 4가 나왔다. 여신의 눈에서는 뚝뚝 눈물이 떨어졌다. 왜 우세요? 당신이 이겼는데……. 속으로 그렇게 말하고 있는데,

똑똑. 노크 소리에 도화가 눈을 떴다.

"들어가도 되냐?"

영두의 목소리였다.

"네. 들어오세요."

도화가 부스스하게 일어났고 영두가 문을 열었다. 두 사람은 자투리 방에서 나와 소파에 마주 보고 앉았다.

"내가 방폐장 관련 하청 업체 몇 곳에 전화를 돌려봤거든. 어쩐지 나도 이름이 낯이 익다 했더니……《창주저널》황정수. 아주 유명하던데. 하청 업체들 사이에서 뒷돈 꽤 챙겼더라고."

"어떻게요?"

"황정수 수법이 센 걸 들고 파서 쑤셔. 방폐장이 주로 타깃이었어."

"뭘로 걸고넘어졌는데요?"

"드럼통 측정 방식을 문제 삼았대. 측정할 드럼통이 존나! 겁나! 많아. 그럼 어떻게 일일이 다 측정하지?"

"글쎄요. 드럼통은 계속 쌓일 텐데. 그 많은 걸 어떻게 다……"

"간접 측정이야. 쌈마이 여론 조사 방식이라고 보면 돼. 드럼통 중에서 일부 표본을 정하고 분석값을 내는 거지."

"표본이라면?"

"뭐라더라…… 핵종? 알파나 베타 핵종을 직접 측정한다나. 그런데 그걸 할 수 있는 건 연구원들밖에 없다데. 전문가가 이게 맞다 카드라, 하면 다 무조건 맞는 거야."

폐쇄적인 조사 방식으로 나온 계측값이 데이터에 저장되고, 문서로 뱉어진다.

"표본에 따라 폐기물 안전 결과도 완전히 다르겠군요. 영 마음에 안 드는 표본의 측정값이 나온다면?"

"바로 황정수가 거기서 꼬투리를 잡았대. 데이터를 바꾼 흔적을 찾았다고! 즉…… 표본의 측정값을 조작한 거 아니냐고 딴지를 건 거지. 그래서 5년 전에 물진산업도 돈 준 적이 있대. 협박이 통한 거지."

도화는 방폐장으로 들어가던 대형 버스가 떠올랐다.

"물진산업이 왜 돈을 줬을까요? 그때부터 방폐장 일에 깊이 개입돼 있었다는 걸까요?"

"모르지. 확실한 건 황정수와 물진산업은 오래전부터 악연이었다는 거야."

하지만 차미바트 사건은 불과 몇 개월 전이었다.

"물진은 지금도 방폐장에서 찝찝한 일을 하고 있어요. 목사님도 거기 사람 보낸 거네요."

도화의 말에 영두는 가슴 한편이 송곳에 찔리듯 아파오는 걸 느꼈다.

"여전하구나. 네 주둥이 살벌한 건."

"왜 그렇게 정보를 알아보셨어요? 허술하신 분이. 본인도 꺼림칙했나 보죠. 거기 사람 보내면서."

"그런데 일 시키는 사람들이 개들을 같은 사람이라 볼까."

영두가 담배를 물고 불을 붙이며 쓸쓸히 웃었다.

"근데 황정수도 대왕 기레기더만. 뭐 하러 찾냐."

"그 사람 기레긴 건 5년 전 일이에요. 그 후론 몰라요."

"그런 쓰레기가 그동안 얼마나 달라졌겠어?"

"우리도 달라졌잖아요."

"너 내가 달라진 거 같냐?"

"아닌가요? 목사님은 그때나 지금이나 쓰레긴가?"
"그럴지도."
영두가 자조적으로 웃으며 담배 연기를 뿜었다.
"그래도 목사님은 외로운 쓰레긴 아니에요. 여기 쓰레기 친구 있으니까."
두 사람이 푸하하 경박하고 시원하게 웃었다.

저녁 무렵 영두가 우편함 위에 서류봉투가 놓여 있는 걸 발견하고 건넸다. 우표는 붙어 있지 않았다. '쇼트커트 손님'이라는 이름만 적혀 있었다.
"직접 놓고 간 거 같다."
영두의 말에 도화가 바로 서류봉투를 열었다. 비닐에 싸인 이빨과 야자수가 있는 바다 사진이 들어 있었다. 그리고 자필 쪽지가 보였다.

손님께
아무래도 손님이 아셔야 할 것 같아서요. 손님 집이 아주 난리가 났더군요. 누군가 뒤진 것 같습니다. 그래도 부탁하신 것들은 다 그 자리에 있었어요. 우편으로 부칠까 하다가, 아무래도 이빨을 부치면 반송될지도 몰라서요. 운전으론 그리 먼 거리가 아니라서. 퇴근길에 잠깐 들러 두고 갑니다.

도화는 다시 일상으로 돌아갈 수만 있다면, 블루헤어의 영원한 단골이 되리라고 다짐했다. 사진에 시선이 닿았다. 키가 큰 야자수 나무가 있는 고아(Goa) 바다. 인도 남부에 있는 고아는 한국이 겨울일 때 여름이다. 그래서 뜨거운 태양 아래에서 크리스마스를 보낸다. 도화는 네팔에서 바다가 그리워지면, 고라크푸르로 가 고아까지 열차를 탔다. 늘 지각하는 인도 기차의 특성상 50시간이 훌쩍 넘어 도착하곤 했다. 기차 창 너머 풍경이 불그스름한 흙으로 바뀌면 고아에 다가왔다는 신호였다. 비틀스 같은 전설적인 유럽 히피들이 직접 버스를 몰고 와 지냈던 곳. 보통 성수기는 11월부터 2월까지만, 도화는 3월을 선호했다. 관광객이 빠지고 한산해진, 아직은 극강의 더위가 몰려오기 직전. 모래사장에 주저앉아 싸고 신선한 파파야와 패션프루트를 마구 퍼먹는다. 파파야 과즙으로 온 손과 얼굴이 끈적해지면 그대로 바다로 뛰어들었다. 파도에 파묻혀 있다가 밤이 되면 주변에 들개들이 어슬렁거렸다. 그제야 끈 원피스만 걸쳐 입고 밖으로 나와 근처 야시장에서 에그롤과 허브차를 마시면서 몸을 녹였다. 도화는 청춘에 어울리는 이 사치스러운 바다를 차미바트에게 보여주고 싶었다.

"그 이빨은 다 뭐냐? 밥맛 떨어지게."

사진을 보며 더 낭만에 빠지기 전에 영두가 흐름을 깼다.

"밥도 없는데, 맛이 떨어져요?"

"배달시켰거든."

영두가 자신의 스마트폰에 '배달 완료' 알림이 뜨자, 음식이 한가득 든 봉지를 들고 들어왔다. 탄두리와 마살라 향이 났다. 도화가 반가움에 다급히 봉지를 풀었다. 깔끔하게 포장된 사모사와 탄두리치킨, 야채커리, 버터난과 꼬들꼬들하고 노란 강황밥, 망고라시와 딸기라시가 들어 있었다.

"와……!"

도화의 탄성에 영두가 무덤덤하게 말했다.

"먹어라. 막."

도화가 커리에 버터난을 푹 찍어서 한 입 베어 물었다.

"인도 맛이네요."

"인도 음식이니까."

"인도 음식점에서 인도 맛 안 나는 곳도 많은데."

"여긴 배달비 많이 내고 시키는 곳이야."

"그럴 만해요."

도화도 영두도 깊이 음미하면서도 허겁지겁 먹었다. 망고라시를 쭈욱 들이켤 즘에 영두가 물었다.

"누구 이빨이야?"

"몰라요. 누가 가지고 있었는지만 알아요. 황정수 집에서 찾았어요."

도화가 투명 비닐을 형광등 아래서 유심히 비춰 보니, 여러 이빨 사이에 유독 흰 이빨이 눈에 띄었다. 옆에서 같이 보던 영두가 서랍을 뒤져서 핀셋을 들고 왔다. 도화가 화장지를 한 장 뽑아 테이블에 깐 후 이빨들을 쏟았다. 유독 흰 이빨을 핀셋으로 집어 들었다. 다른 이빨과는 다르게 이 이빨만 인조였다. 이빨 구멍 안을 핀셋으로 뽑아내자, 마이크로 SD 카드가 주욱 밖으로 빠져나왔다.

"목사님, 폰 뭐예요?"

"갤럭시."

"안드로이드면 읽힐걸요."

영두가 마이크로 SD 카드를 스마트폰에 꽂고 화면을 켜자, 두 개의 폴더가 액정 화면에 떴다. 폴더 제목은 딱딱했다. '사진' 그리고 '문서'.

'사진' 폴더를 열자 사진 300여 장이 나왔다. 모두 같은 남자가 사진 속 모델이었다. 도화는 이 남자가 누군지 바로 알아챘다. 법정에서 사진을 보았기 때문이다. 황정수였다.

도화와 영두는 장시간 말없이 사진을 한 장 한 장 유심히 보았다. 날짜별로, 같은 장소와 구도, 동일한 차렷 자세로 포즈를 취한 모습이 찍혀 있었다. 사진이 흔들림이 없는 걸 보니 삼각대로 고정한 듯했다. 도화는 불탄 집 2층 방에서 보았던 고정된 삼각대가 떠올랐다. 모든 사진이 그 방에서 팬티만 입고 찍은 것이었다. 찍히는 이의 표정을 보아선 찍는 이와 친근한 사이로 예상됐다. 사진 속 황정수는 메롱이나 브이를 하거나 장난스러운 미소를 짓고 있었다. 시간이 지날수록 황정수는 이빨이 빠졌는데, 그걸 어필하려는 듯 노골적으로 입을 벌리고 있었다. 즉, 이 이빨들은 황정수의 것이고 이 사진을 찍은 이는 전미령이었다. 이들은 무엇을 하는 걸까.

의문을 읽었는지 영두가 말했다.

"이 남자 눈빛을 봐라. 모르겠냐? 무방비로 사랑에 빠진 것 같은."

"그렇다고 해도, 왜 이런 사진을 1년여나 거의 매일 찍죠? 포즈와 구도를 똑같이 하고요."

"신체 변화를 보려고 한 거 같아. 다이어트나 보디 프로필 준비 중인 건 아닌 거 같고."

사진 초기에 황정수는 근육이 있고 적정한 체형이었다. 그런데 1년여 동안 몸에선 근육이 다 빠져 말라갔다. 피부에도 변화가 생겼다. 희미하게 생긴 어루러기가 서서히 선명해지더니 거무튀튀하게 변했다.

황정수는 《창주저널》에 어떤 제안을 했다. 자기 입에서 빠져나간 이빨들과 마이크로 SD 카드를 가지고. 그 제안이 무엇인지 알면, 황정수와 전미령의 의도도 알 수 있을 것 같았다.

도화는 다음으로 '문서' 폴더를 열었다. 1년 동안 매일 수치 체크를 기록한 그래프가 보였다. 세로선에 'Sv'라고 적혀 있었는데 무엇을 의미하는 약자인지 알 수 없었다. 다만 수치를 직접 입력한 흔적과 사망 전까지도 입력이 진행 중이었다는 건 짐작할 수 있었다.

"목사님, 저 아무래도 나가야겠어요."

"나가는 거야 네 사정이지만, 이대로 나가서 돌아다닐 수 있겠냐?"

"혹시 새벽 배송 쓰세요?"

"구독하지."

"앱 좀 열어볼게요."

도화가 앱을 켜서 장바구니에 가발, 선글라스, 검은 민소매 원피스, 선 캡, 미니 크로스백을 담고 영두에게 건넸다.

"갚을게요. 결제 좀 해주세요."

영두가 군말 없이 구매 버튼을 눌렀다.

"이거 다 사도 10만 원이 안 나오네. 그래도 갚도록 하고."

"이왕 갚을 거면 현금도 좀 빌려주세요. 저 지금 완전 맨몸이라."

영두가 책상 서랍을 뒤져 5만 원권 한 뭉치를 도화에게 건넸다.

"줬다가 뺏는 것도 아니고. 근데 뭘 하게? 그 이빨들 가지고 과학 수사라도 맡기게? 어휴! 난 모르겠다."

"고마워요. 목사님."

"너 일전에 나한테 그런 말 했지. 내가 더 멀리 가기 전에 네가 멈춰준 거라고. 그 말 완전히 틀린 건 아닌 거 같다."

그렇게 말하곤 영두가 나가자 도화는 옅게 미소를 지었다.

새벽에 인력 사무소 문을 여니, 배송 상자가 도착해 있었다. 포장을 풀고 검은 민소매 원피스로 갈아입었다. 허리까지 내려오는 풍성한 긴 갈색 머리 가발을 쓰고, 챙이 긴 선 캡을 눌러쓰니 신도시 미시룩의 기묘한 변형 같았다. 마지막으로 선글라스까지 끼자 도화의 본모습은 만족스레 사라졌다. 도화는 크로스백을 열어 고아 바다 사진과 이빨들이 담긴 투명 비닐, 그리고 5만 원권 뭉치를 넣어 밖으로 나갔다.

푸른빛이 감도는 인력 사무소 골목에는 배낭을 메고 하루 일당을 채우려는 사람들이 몰려들기 시작했다. 도화는 문득 히말라야 트레킹을 하려고 카트만두에서 포카라행 버스를 타러 가던 추억의 새벽이 겹쳤다. 편의점이 보이자, 제일 사이즈가 큰 편지봉투와 우표, 모나미 검은 볼펜 한 자루를 사서 바에 섰다. 크로스백에서 고아 바다 사진을 꺼내 뒤편에 꾹꾹 글귀를 눌러 적은 후 편지봉투에 넣었다. 창주교도소와 차미바트 이름을 한글로 쓰고 우표를 붙였다. 보내는 이는 적지 않았다. 밖으로 나와 빨간색 우체통에 편지봉투를 넣고 나자 도화는 아무 택시나 잡아타고 《창주저널》로 가달라고 말했다.

중심가 도시 숲에서 택시가 멈췄다. 연식이 있는 5층 건물 안으로 들어갔다. 3층에 이르자 《창주저널》 간판이 보였다. 문밖에서도 소박하고 영세한 회사라는 걸 짐작할 수 있었다. 도화는 계단에 쪼그리고 앉아 잠을 자며 기다리기로 했다. 전략이랄 건 없었다. '이빨'에 대해 직원 전체가 논의를 마쳤다고 했다. 그 말인즉, 모든 직원이 황정수의 이빨에 대해 알고 있다는 것이었다. 도화는 제일 먼저 출근하는 사람을 붙잡고 물어볼 예정이었다.

계단에 앉아 꾸벅꾸벅 조는데 계단을 오르는 발걸음 소리에 눈이 떠졌다. 머리카락이 반쯤 젖은 채 들어오는 30대 초반 정도의 기자와 마주쳤다. 동그란 눈에 선탠한 듯한 피붓결이었다.

"안녕하세요."

기자는 도화를 보고 당황한 듯했다. 이른 아침에 선 캡을 쓴 여자라니.

"누구세요?"

"저, 여쭐 게 있어서요. 당황스러우신 거 압니다. 민폐라는 것도 알아요. 정말 달리 방법이 없어서…… 이렇게 기다렸습니다."

"저를요? 절 아세요?"

기자가 의아하게 되물었다.

"아니요.《창주저널》기자님들 대표로요."

"그런데 왜 절?"

"제일 먼저 봬서요. 딱 10분이면 됩니다."

"5분만이요."

기자가 딱 잘라 말하자 도화가 크로스백에서 비닐을 꺼내 보였다.

"황정수 기자님의 이빨입니다."

잠시 침통한 침묵이 흘렀다.

"곧 다들 출근할 거라. 위로 올라가시죠."

기자가 먼저 계단을 올랐고, 도화가 뒤를 따랐다. 철문을 열자 옥상이 나왔다. 기자가 담배를 물었다.

"《창주저널》에선 끼지 않기로 했는데요."

"예, 압니다."

"그런데 왜 여기로 오셨어요?"

"어떤 걸 하지 않기로 한 건가요?"

기자 쪽에서 당황스레 되물었다.

"그걸 모르고 이빨을 들고 오신 거예요?"

"네, 그리고 전 꼭 알고 싶습니다."

"그건 어떻게 가지고 계세요?"

"그것까지 말하자면 긴데요."

기자도 그것까지 들을 시간은 없었다.

"그럼 제가 왜 답해야 하는지 설명해주실래요?"

"황정수 기자님의 죽음이 이상하니까요. 그분이 치정 살해로 죽었다고 믿을 수 없어요."

기자의 눈빛이 진지해졌다. 그녀 역시 차미바트 사건을 주시하고 있었다. 황정수를 아는 사람이라면 이해하기 어려운 진술이 받아들여지고 있었다.

"제가 아는 걸 이야기하면 죽음의 이유를 밝히는 데 도움이 되나요?"

도화가 고개를 끄덕이자 기자가 입을 열기 시작했다.

"황 기자님이 올봄에 저희 쪽에 제안을 했어요. 특종을 주겠다고요. 그냥 낚일 순 없으니 뭐든 보여달라고 했죠. 그랬더니 이빨 여러 개를 들고 나타났어요. 직접. 엄청나게 말라 있었고, 이빨이 꽤 뽑혀 있었어요. 저희 다 놀랐죠. 안 본 사이에 사람 몰골이 아니게 되어 나타났으니까."

"황정수 기자님이 뭘 원했나요?"

"한번에 터뜨리는 게 아닌 연재식 르포를 쓰고 싶다고 했어요. 자료는 충분하다고."

"어떤 자료였나요?"

"저희도 바로 보여달라고 했죠. 그런데…… 그 자료가 자기 몸이라는 겁니다. 본인 몸이 증거라고 했어요."

도화가 도무지 모르겠다는 표정을 짓자 기자가 이해한다는 듯 말했다.

"저도 그 말을 들었을 때, 딱 그런 표정이었어요. 그러니까 황 기자님은 아주 천천히 자살로 가는 중이었다고 할까요."

황정수는 제2방폐장 건립을 반대하는 르포를 기획했다. 그는 방폐장이 이 지역에 또 세워지는 건 막아야 하지만, 결국은 세워질 것이라고 보았다. 이런 냉정한 현실 인식은 기자 생활에서 터득했다. 사람들이 그를 기레기라고 부르던 시절, 황정수는 방폐장의 쉬쉬하는 지점을 파고들어 철저히 준비했다. 그렇게 증거를 모아 연관된 하청 업체에 보여주며 거래를 했다. 그러곤 더 큰 뒷돈을 받아 기사를 쓰지 않거나 유익한 기사로 바꿨다. 황정수는 방폐장이 안전하지 않다고 증명하는 게 불가능에 가깝다는 걸 알고 있었다. 누구보다 직접 보고 들은 걸 덮어봤기에.

황정수가 보기에는 탈핵 시민 단체들이 말하는 대규모 전수 조사는 순진했다. 방사능이란 보이지도 않고 즉사하는 정도의 피폭량이 아니라면 신체마다 다른 형태로, 다른 시간대에 서서히 죽어간다. 그래서 질병과 죽음의 원인으로 방폐장이란 공통점을 도출하는 건 수 세대가 지나도 증명하기 어려웠다. 특히 이런 조사는 치밀한 연속성을 가져야 하는데 대한민국 공기업의 구조로는 어려웠다. 중간중간 정권이 바뀔 때마다 안전 기조가 바뀌어 끊긴다. 사람들은 느린 죽음보단 안정적인 직장에 매달린다. 그리고 후쿠시마라는 변수가 생겼다. 오염수 몇 톤씩을 바다로 쏟아붓는데 그까짓 방폐장 하나 더 늘리는 게 무슨 대수냐는 미묘한 생각의 변화가 형성되고 있었다.

하지만 완고한 성도 오랜 시간 뚫어지게 바라본 자에겐 틈이 보일 수 있다. 그는 자신의 몸으로 기록하는 방법을 찾았다. 비주얼적인 충격에 타격감이 있을 것이라고 보았다. 그래서 동굴 처분장의 하청 노동자로 들어가 방사능 피폭량을 1년여간 체크했다.

도화는 이 사건의 풀리지 않았던 의문 하나가 풀렸다. 살해된 황정수의 몸은 열두 차례나 찔려 있었다. 왜 그랬을까. 그는 이미 죽었는데 왜 그렇게 많이 찔렀나. 누구의 눈에도 외상성 과다 출혈로 보여 부검을 피하게 하려 했던 것이다. 유가족에게는 죽음의 의문을 지우고 잔혹함에 대한 감정적 분노를 자극하는 효과도 있었다. 부검했다면, 그의 몸이 방사능 덩어리라는 게 나왔을 것이다. 이제 그의 몸에서 나온 유일한 피폭 증거는 이빨들뿐이었다.

기자의 이야기가 거의 끝나가고 있었다.

"그렇게 자기 몸을 이용해 피폭 정도를 검사하던 중, 황 기자님은 특정 날에 피폭량이 급격하게 증가한다는 걸 알게 됐어요."

"어떤 날이죠?"

"거기서부터 저희 쪽에선 듣길 거부했습니다. 《창주저널》은 제2방폐장 임시 저장소 건립에 관해 중립적인 입장이니까요. 지역 신문이 공기업과 틀어지는 건 너무 불이익이었거든요. 그러니 데스크에서 그만하자고 했죠. 그래도 내부에선 궁금해하는 직원들도 있었어요."

그 '기자들' 중에 이 이야기를 하는 기자 본인도 포함된 듯했다.

"그런데…… 사망 부고를 들었습니다."

기자는 줄담배를 연속으로 피우다가 멈췄다.

"5분이라고 했는데 30분이 지났네요. 제가 아는 건 여기까지입니다."

"고맙습니다."

고개를 숙여 인사하던 도화가 문득 물었다.

"그런데 황정수 기자님은 왜 갑자기 그렇게 변하셨을까요? 고 전미령 님의 영향일까요?"

"사랑 때문이냐는 거죠?"

"네."

"그러게요. 모르겠네요. 사랑이 그렇게까지 사람을 변하게 할 수 있는지는……."

기자가 꾸벅 인사하고 후다닥 철문을 나간 후에도 도화는 잠시 서 있었다. 《창주저널》 기자들은 '그런 의문이 들었으면서도 공식적으로 이의 제기를 하지 않았나요'라는 질문은 차마 하진 못했다. 황정수는 인간이란 직접 고통이 올 거라고 겁박하지 않으면 꿈쩍하지 않는다고 믿었던 듯하다. 그렇다면 황정수는 어떻게 타인의 고통에 공감하는 임계점을 넘어 자기 몸을 던진 걸까. 도화는 통 짐작 가지 않았다.

근처 피시방으로 가 리더기가 있는 자리에 앉았다. 마이크로 SD 카드를 리더기에 끼우자 모니터에 폴더가 나타났다. 파일을 열자 그래프가 보였다. 'Sv'는 방사능선 피폭 수치를 측정하는 단위였다. 수치가 급격하게 치솟는 날이 불규칙하게 보였다. 그 날짜들은 붉게 표시되어 있었는데 연관성이 없어 보였다. 1년 중 꼭짓점이 최고치에 달한 날은 다섯 번으로 추려졌다. 포털 웹사이트를 열어 검색창에 창주와 해당 날짜들을 동시에 검색했다. 그날에는 창주에 3.0 이상의 지진이 발생했다. 도화는 차미바트와 접견실에서 나눴던 대화가 떠올랐다.

―그가 어떻게 그 문서가 올 거라는 걸 알고 잠복했죠?

—그날이 오면, 내 몸이 떨렸어요.

도화의 귀에는 둥둥— 낮은 북소리가 들리다 징징— 징 소리가 섞였다. 어느새 카트만두 거리에서 도시의 소음을 덮으며 북과 징을 치는 사람이 눈앞에 그려졌다. 쿠마리 행차를 알리는 신호였다. 화려한 가마를 탄 쿠마리가 나타났다. 무릎을 꿇고 경의를 표하는 인파들 사이로 싸구려 위스키 병을 든 채 휘청이는 젊은 도화가 있었다. 그녀는 바닥에 푹 꺼지듯 주저앉았다. 붉은 치맛자락이 가마에서 살짝 비쳤다. 여신이자 소녀가 검은 눈 화장이 다 지워질 만큼 검은 눈물을 뚝뚝 흘렸다. 여신이 울자 인파들은 '여신의 불길한 징조'에 술렁였다. 하지만 젊은 도화만 자신의 분노와 슬픔에 가득 차 그 징조를 느낄 수 없었다. 쿠마리가 행차 도중 울었던 그해 네팔에선 대규모 지진이 발생했다. 몇 년의 세월이 지난 지금에서야 도화는 그때의 징조를 읽을 수 있었다.

황정수는 지진이 있던 날에 자기 몸의 피폭 정도가 위험 단계까지 간다는 걸 발견했지만, 창주환경방사능안전지부는 홈페이지와 SNS 뉴스 등 공식적인 루트를 통해 방사능 수치가 지진 후에도 기준치를 넘지 않았다고 발표했다. 그는 과거 하청 업체를 들쑤시고 다녔던 경험 덕에 '불편한 수치'의 표본 데이터를 삭제하고 문서는 파쇄할 수 있다는 걸 짐작했다. 그래서 황정수는 지진이 발생한 날이면 물진산업으로 갔다. 방폐장 내부 연구 전산실의 데이터는 외부인이 접근할 수 없지만, 파쇄 업체는 달랐다.

황정수가 가던 생각의 길을 좇다 보니 의문이 생겼다. 창주 내 환경 방사능 안전 정보를 안내하는 환경방사능안전지부에선 어떻게 늘 안전하다는 수치가 나오는 걸까. 홈페이지에 들어가니 "늘 시민에게 열려 있다"라는 문구가 쓰여 있었다. 도화가 자리에서 일어났다. 열렸다면, 들어가야 한다.

택시에서 내려 창주환경방사능안전지부 건물을 올려다보았다. 방폐장 건립 후 안전 문제를 창주 시민에게 공식적으로 알리는 곳이니만큼 외관도 신뢰가 갈 만큼 깔끔하고 고급스러웠다. 내부로 들어가자 프런트의 안내인이 도화를 맞이했다.

"안녕하세요. 무슨 일로 오셨죠?"

"방폐장 감마선 수치에 대해 궁금한 게 있어서요."

"창주환경방사능안전지부 사이트를 방문하시면 자세히 나와 있습니다."

"저는 숫자가 궁금한 게 아니에요."

안내인이 의아하게 물었다.

"그럼 어떤 부분이 걸리시는지요?"

"안전 정보에 대해 의문이 있어서요."

"저희는 박사님들께서 철저히 조사한 걸 바탕으로 정보를 제공하거든요."

"전문가가 아니면 질문도 못 하나요? 그럼 무식하게 공수원에 직접 전화할 겁니다. 여기 공수원 산하잖아요."

난감한 침묵이 흐르다 안내인이 말했다.

"따라오시죠."

안내인을 따라 들어가니 전형적인 공무원 스타일의 30대 남자가 보였다. 그는 자신을 홍보팀장이라고 소개했다.

"어떤 일로 오셨다고요?"

"방폐장 감마선 수치가 지진이 발생해도 어떻게 안정적으로 나오는지 궁금해서요."

"안전하니까요. 수치가 그래요. 저희는 수치 그대로를 시민 여러분께 공유한 겁니다."

"그대로라."

"네, 실례지만 무슨 일 하시죠?"

"마트 일이요. 막 그만둔 상태지만."

"홍보팀?"

"판매했습니다."

홍보팀장이 의외라는 듯 도화를 바라봤다.

"그럼 이게 왜 궁금하실까요? 방폐장 건설과 함께 창주 시민의 안전을 위해 저희는 항상 실시간 방사선 수치를 보내고 있습니다. 번거롭더라도 실시간 출력 자료도 보내드려요."
"어느 정도로 공개하죠?"
"정보 요청 하시는 곳엔 다 합니다. 저희로선 터무니없이 급진적이다 싶은 시민 단체한테까지도 공개하니까요. 쓸데없는 비방은 피하고 싶어서요."
여긴 겉만 번지르르하고 속은 엉망진창인 곳이라고 생각했지만 도화는 입 밖에 내진 않았다.
"그런데 '터무니없이 급진적인' 시민 단체, 그런 곳이 창주 바닥에 있어요?"
"어디겠어요. 창주탈핵연대지."
강당에서 전단지를 나눠주던 무리가 떠올랐다. 도화가 정중하게 인사하고 밖을 나섰다.

내일로인력사무소에서 영두가 주문한 초밥 세트를 기다리고 있을 때 노크도 없이 재만과 키쇼가 들어왔다. 영두는 키쇼와는 안면이 있었지만 재만과는 초면이라 어안이 벙벙했다.
"누구쇼?"
재만이 테이블 위에 있던 담배 한 개비를 꺼내 불을 붙이고 물었다.
"장도화 알죠?"

하청 업체들 사이에서 영두가 방폐장과 황정수에 관해 묻고 다닌다는 말이 돌았다. 이 소문은 자연스레 물진산업에도 흘러들어 갔다. 그즈음 도화가 사라져 캐보니 내일로인력사무소에서 어떤 여자를 봤다는 목격담이 들렸다. 영두가 능청스레 재만을 보았다.

"그게 누구래?"

재만이 들고 있던 담배를 영두의 머리에 픽 비벼 껐다.

"으악!"

영두가 머리를 움켜쥐고 발악했다.

"너 뭐냐!"

"그러니까 아저씨…… 통역하는 여자 알지?"

재만의 말이 끝나자 키쇼가 주머니에서 커터 칼을 꺼내 영두의 목덜미를 그었다. 재만이 흐르는 피를 손끝으로 찍어서 영두 눈앞에 보여줬다.

"그냥 정보만 좀 얻으려고 하는 거예요."

"장도화 말이야. 건드리지 마. 내가 걔 때문에 목사질 하다가 인력 업체 하는 거야."

"뭐요?"

"네팔에서 장도화가 모가지 날아가게 한 사람 많아."

"똑바로 말해요."

"나도 한땐 NGO 일 하는 목사였어. 좋은 일이지. 사람 후

원하고 도와주고. 그런데 결국은 돈 굴리는 거잖아. 우리 단체가 네팔 거리의 아이들 후원하는데 제법 큰 곳이었거든. 그때 장도화가 회계 장부를 본 거야. 좀 크게 비어 있었어. 일부는 대표 개인 돈으로, 일부는 자잘하게 빠지고. 그 여자가 어떻게 했게?"

영두는 4년 전을 떠올렸다. 모든 게 망가진 그날, 도화는 굿윌드 네팔 지부 사무실에서 적의에 찬 표정으로 회계 장부를 들고 있었다. 도화는 영두, 서춘해와 대치했다.

"지금 후원금 얼마나 비는 줄 아십니까? 윗선들 사비로 나간 돈이 전체의 35퍼센트가 넘어요."

서춘해는 비웃듯 말했다.

"그래서? 내부 고발이라도 하게? 회계 장부라도 복사해놨나 보지?"

도화는 단호했다.

"할 겁니다. 겁나시나요?"

"내가 왜?"

도화가 치를 떨었다.

"겁나실 텐데요. 여기서 좋은 일 좀 했네, 해서 진보 정당 가입하고 국회 가는 코스 만드시는 중 아니었나요?"

"이게 진짜, 어디서 개드립이야?"

영두가 설득하듯 나섰다.

"NGO 단체는 후원자들의 신뢰로 운영되는 곳이야. 네가 그거 폭로하는 순간 우리 사업 다 날아가. 지금 아이들 보육원 짓고 한국에서 교육하겠다는 그거, 다 사라져.

도화는 영두를 우습다는 듯 쳐다봤다.

"사창가에 후원금 쓴 분이 말은 참."

영두가 무릎을 꿇고 싹싹 빌며 사정했다.

"네가 백번 옳다. 내가 미안하다. 그런데 아이들까지 못난 어른 때문에 또 상처받으면 안 되잖아."

도화의 적의는 강렬했다.

"지금 그 입을 믿으라고요?"

그렇게 도화는 돌아섰고, 폭탄을 던졌다. 후원자들은 다 떨어져 나갔다. 굿월드 네팔 지부 보호소는 사라졌고 아이들은 다시 흩어져야 했다. 갑작스레 내던져진 아이들이 갈 곳은 거리밖에 없었다.

영두가 그때의 일이 아직도 생생하다는 표정으로 재만을 보며 호소했다.

"나도, 대표도 몇 번이나 회유했다. 처음엔 조용하더라고. 그래서 다들 그냥 넘어갈 거라고 생각했던 거야. 그런데 아니었어. 조용조용 회계 장부 자료를 다 모으고 있었어. 걔가 존나 현장 체질인 게 꼼꼼하게도 모은 거야. 제 발로 열라 뛰면서 말이야. 그러곤 언론, 경찰에 다 자료 넣었지. 역대급 폭탄

이었다. 그 내부 고발로 단체가 하나 증발했어. 어떤 조직이 그런 사람하고 일하고 싶겠어?"

재만이 표정 없이 영두를 바라봤다.

"나 약 올려요? 통역사 편드는 건가?"

영두가 해죽해죽 웃었다.

"아니. 난 내 과거까지 까발려서 설명을 해준 거잖아. 그리고 저기 키쇼…… 저런 비실비실한 애 하나 데리고 그 쪼그만 칼로 뭘 하겠어? 그만 가쇼."

"큰 칼도 가져왔죠."

재만의 말이 끝나자마자, 후중이 문을 열고 들어와 뒷주머니에서 식칼을 내밀었다.

재만이 물었다.

"도대체 어디까지 알고 계세요?"

영두가 너스레 떨면서 말했다.

"나 그거밖에 몰라요. 장도화 네팔에서의 일. 딱 거기까지. 그거 외엔 몰라."

재만은 '큰 분'만은 법정 통역사가 튀는 짓을 했다는 걸 모르길 바랐다. 재만에게 큰 분의 말은 남달랐다. 큰 분이 의뢰했기에 창주 바닥까지 내려와 조무래기들과 일을 하는 것이었다. 그런데 그깟 여자 하나 때문에 실망시킬 수 없었다. 재만은 최대한 잡음 없이 고요하고 깔끔하게 통역사를 처리해야겠다고 생각했다.

 도화는 창주탈핵연대 사무실의 문을 열고 들어갔다. 세 사람이 오픈된 테이블에 앉아 과자를 먹으며 수다를 떨고 있었다. 전체적으로 격식 없는 분위기였다. 그들은 도화를 보자마자 일제히 대화를 멈췄다.
 "여기가 창주 바닥에서 가장 터무니없이 급진적인 곳인가요?"
 "무슨 일로 오셨지요?"
 "정말 터무니없나요?"
 "올웨이즈죠."
 도화는 그 대답이 마음에 들었다.
 "여전히 연대를 싫어하세요?"
 무리 중 한 남자가 도화를 기억하고 있었다.
 "싫고 말고 할 때가 아닌 거 같아요. 지금은."
 그 남자가 반갑게 말했다.
 "딱 옳은 말씀이네요."
 "장도화라고 합니다."
 "국선이라고 합니다."
 국선 옆에 앉아 있던 빨간 민소매 티에 청 반바지를 입은 초롱초롱해 보이는 20대 초반의 여성이 환하게 웃었다.

"박두리안입니다."

희끗희끗한 머리에 반무테 안경이 코끝으로 떨어지고 '절룩거려도 함께 투쟁!'이라는 문구가 프린트된 티셔츠를 입은 60대 중반의 남자도 인사했다.

"저는 장교장입니다."

어디까지가 별명이고 본명인지 모호했지만, 도화는 굳이 묻지 않고 테이블에 같이 앉았다. 지지부진한 인사나 사담은 생략했다. 직접적인 연대의 이름만큼이나 해야 할 말도 확실했다. 나이대가 다르지만 그들끼리는 반말과 존대를 대충 섞어 썼다. 도화가 먼저 질문을 던졌다.

"지진이 났을 때 방폐장 지반이 견딜 수 있나요?"

장교장이 단호하게 말했다.

"견디지 못한다는 게 건설 전부터 저희 입장이었죠. 애초에 지진층에 설계됐으니까."

박두리안이 나섰다.

"저희가 돌아가며 견학 신청을 해서 들어갔다가, 딱 한 번 그 지점까지 잠입한 적이 있어요. 검사가 끝난 드럼통이 가는 동굴이요. 천장이나 벽에 금이 간 걸 봤어요."

황정수가 1년여간 일한 곳이었다.

"방폐장 측은 아나요?"

국선이 말을 받았다.

"자기네들끼리 문제를 알고 있다고 해도 공표할 확률은 무척 낮죠. 엄청난 규모의 손해 배상이 청구될 겁니다. 우리나라에서 유례를 찾아보기 힘들 정도로요. 질병을 앓는 창주시 내의 모든 시민이 다 청구 대상자가 되는 거니까요."

박두리안이 시큰둥하게 물었다.

"그럼 공수원이 파산하지 않겠냐?"

"파산은 무슨, 정부가 파산하나?"

도화가 여기까지 온 목적이기도 한 질문을 던졌다.

"하청 업체 자체가 구린 짓을 했다면요?"

일제히 도화를 주목했다. 도화는 재차 물었다.

"그랬다면 어떻게 하시겠어요?"

"일단 국선 변호사를 선임하겠죠."

"국선도 선임하나요?"

국선이 씨익 웃었다.

"저처럼 위장된 국선도 있죠."

도화는 크로스백을 열어 비닐을 테이블 위에 올려놨다.

"이 이빨의 주인은 황정수, 《창주저널》 퇴직 기자입니다. 동거인인 전미령과 함께 살해됐습니다. 언론에선 '차미바트 사건'이라고 불립니다. 우리는 이 사건에서 다시 시작해야 합니다."

도화가 허위 통역 제안부터 시작해 여기까지 오게 된 이야기를 또박또박 말했다. 이따금 과자를 먹는 부스럭거리는 소리만 들렸을 뿐, 아무도 중간에 끼어들지 않았다. 도화는 이들이 자신의 존재 자체에 온전히 집중해준다는 느낌을 받았다. 어느덧 바깥은 캄캄해졌고 이야기는 끝났다. 대표로 박두리안이 물었다.

"왜 허위 통역 제안에 응하셨나요?"

그들도 행동에 진입하기 위해선 일말의 찝찝함이 없어야 했다.

"그 대답은 당장 못 해요. 하나는 약속하죠. 행동으로 보여 드릴게요."

그들은 모호한 도화의 말에 서로의 눈빛을 교환했다. 할 것이냐 말 것이냐를 결정하는 듯 처음으로 날카롭고 진지했다. 어느덧 눈빛이 흩어졌고 국선이 말했다.

"황정수 님이 시민 단체를 믿지 못했다는 부분이 안타까워요. 저희를 만나셨다면 달랐을 거 같아요."

장교장은 죽은 이들이 뒤늦게 도화를 대리자로 보냈다고 느꼈다. 그는 자신의 말이 잘 전달되도록 느릿느릿 말했다.

"이런 일에 낄 곳은 창주에서 우리밖에 없다. 그것만으로도 충분한 이유야."

국선도 동의한다는 듯 고개를 끄덕이곤 도화를 보았다.

"물진산업은 저희도 주목하는 하청 업체입니다. 아무래도 황정수 기자님이 바닥에서부터 위로 올라가는 줄기를 파악한 거 같아요."

"그럼 여러분은…… 다른 방향으로 알아보고 있었다는 건가요?"

"저희는 반대로 위에서부터 아래로 내려가는 줄기는 보고 있었어요."

"위에서 아래?"

"천백우 사장과 관련된 하청 업체를 조사 중에 물진산업이 나왔거든요."

"천백우?"

"도화 씨가 투표장에서 물 먹인 그 사람이요. 그가 어느 노후 원전에서 간부급으로 일하다 정년이 됐을 당시 문책당한 일이 있었어요. 원전 내부 공문서를 위조했다는, 부품부터 방사능 수치까지 주도해서 말입니다. 사람들은 문서, 특히 공문서를 아주 신뢰한다는 걸 잘 알고 이용하는 사람이었죠."

공공기업의 모든 증거는 문서에 있다. 그리고 어떤 문서는 외부에 유출되면 세상이 뒤집힌다.

도화가 또박또박 말했다.

"지금 물진산업의 사장은 김후중이에요."

국선이 받아쳤다.

"천백우가 김후중에게 넘겼죠. 아마도 동네 주민들에게 잘 흡수될 수 있는 사람을 앉힌 거 같아요. 건달도 동네 토박이면 오냐오냐하니까."

장교장이 거들듯 말했다.

"천백우는 자신의 회사가 입찰이 되면 어마어마한 돈을 벌려고 할 거예요. 비리를 통해서."

원래 물진산업의 소유주는 천백우였다. 제2방폐장 제안서가 지자체에 들어간 시점에 허약한 건설 회사를 인수해 대표 자리에 앉았다. 제안서가 승인되면 본격적으로 새 방폐장 건설 사업에 뛰어들 포석을 까는 것이었다.

"그 사람이 헤드인가요?"

도화의 질문에 일제히 입을 다물었다.

"그건 아닌 거 같아요. 천백우 한참 위로 누군가가 있어요. 그것만 저희끼리 짐작하고 있어요."

국선은 도화의 이야기 속 구재만이라는 인물이 궁금했다.

"그 서울에서 왔다는 변호사의 의뢰인은 누군가요?"

"그건 저도 모르겠어요. 천백우나 김후중이 직접적인 의뢰인은 아닌 것 같아요. 차미바트 사건이 일어나고 그에게 누군가 직접 의뢰를 한 듯해요. 한 가지 확실한 건…… 구재만 변호사의 정보력이 무시무시하고 그걸 실행할 자금력도 어마어마하다는 겁니다."

"일단 쉬시죠. 그런데 스마트폰도 없으시고 갈 곳도 없으시고 쫓기시는 중이니, 여기 계세요."

박두리안이 벌떡 일어나 과자 봉지를 치우고 담요를 들고 와 소파에 놓았다.

"이제부터 여기서 주무시면 돼요. 화장실에 욕실 스프레이건이 있는데 급할 땐 샤워할 만해요. 수건도 안에 있어요."

장교장이 자신이 입고 있던 티셔츠와 같은 티셔츠를 도화에게 건넸다.

"엑스트라 라지밖에 없네요. 우리 단체 티예요. 사무실 전화도 쓰시고요."

국선은 작은 문을 열어 보였다.

"여긴 다용도실인데 있을 건 다 있어요. 뭐 좀 드세요. 저희는 평일에는 오후까지 각자 본업 하고 늦은 오후에 모입니다. 저는 구재만 변호사에 대해 알아볼게요."

장교장도 나섰다.

"나는 전미령 님과 황정수 님 쪽을 파볼게. 물어물어 가다 보면 아는 사람이 있을 거야. 아무튼 결국 다 동네 사람들이니까."

도화가 든든하게 고개를 끄덕였다. 각자의 정리를 끝내고 사람들이 나가자 사무실이 조용했다. 도화가 화장실로 들어가 스프레이건으로 몸을 씻었다. 수압이 센 물이 콸콸 나왔다. 오래간만에 저절로 탄성이 나오는 시원한 샤워였다. 벽에 부착된 핸드 드라이어의 뜨거운 바람으로 머리를 말리고 나와 불을 끄고 소파에 누웠다. 눈꺼풀이 무거워지며 저절로 눈이 감겼다.

멀찍이 파도 소리가 들려오더니 서서히 거칠어졌다. 서서히 몸을 일으키자 리틀포카라 앞에 방파제가 보였다. 탈레주 여신이 무표정하게 바다를 바라보고 있었다. 여신과 도화는 잠시 말없이 회색빛 먹구름 아래로 거세지는 바다를 바라봤다. 여신이 손바닥을 펴자, 주사위가 나왔다. 이어 여신이 휙 허공에 주사위를 던졌고 바닥으로 떨어진 주사위가 뒹굴뒹굴 구르다 3에서 멈췄다. 도화가 몸을 구부려 주사위를 주웠다. 던진 주사위에선 2가 나왔다. 또 여신이 이겼다. 하지만 여신은 머리털부터 솜털까지 사방으로 허공에 뻗으며 우아한 분노의 몸짓을 보이더니, 주사위를 바다 쪽으로 멀리 던졌다. 도화는 바닷물에 빠진 주사위가 된 것처럼 추위를 느꼈다. 그 살벌한 느낌에 다시 잠이 오지 않아 계속 뒤척였다. 타멜이 떠올랐다. 꼭 안부를 전하라고 했는데 그걸 못 한 게 걸렸다. 지금 시간이라면 발리나이트클럽이 영업 중일 테니 타멜도 깨어 있을 터였다. 도화가 일어나 수화기를 들어 타멜의 번호를 눌렀다. 긴 신호음이 가다 상대가 전화를 받았다.

"타멜아. 나야."

불길하게 지직거리는 소리가 들렸다.

"타멜아…… 듣고 있어?"

"누나, 나 좀 도와줘."

타멜의 목소리가 기어들어갔다.

"무슨 일이야?"

"누나가 필요해."

"너 어디야?"

"집이야."

"목소린 왜 그래? 어디 아파?"

"제발 나 살려줘 누나."

"무슨 일이야?"

하지만 뚝 신호가 끊겼다. 도화가 다급히 크로스백만 멘 채 밖으로 뛰쳐나갔다.

거친 파도 소리가 들리는 붉은 벽돌 빌라 앞에서 택시가 멈췄다. 입구로 뛰어들어가 지하 1층의 문을 두드렸다. 반응이 없었다. 문고리를 돌리자 문이 열렸다. 안에 들어서자 자욱한 연기와 함께 대마 냄새가 가득했다. 도화가 콜록거렸다.

"타멜아!"

그때 닫혀 있는 화장실에서 쿵! 쿵! 쿵! 연속으로 부딪히는 소리가 들렸다. 화장실 문을 열어젖히자, 발목과 손목이 묶여 있고 입에는 덕트 테이프가 붙여진 타멜이 두 발로 벽을 치고 있었다. 도화는 테이프부터 뗐다.

"누님! 왜 왔어? 나가! 도망치라고!"

도화가 발악하는 타멜의 손목과 발목의 끈을 풀어주었다.

"뭐라는 거야? 너가 오라며?"

"나? 나 아니야."

"나랑 통화했잖아."

"아니야! 나 누나랑 통화 안 했어!"

"뭔 소리야. 네 번호로 걸어서 네 목소리였는데……?"

"그 변호사야! 내 스마트폰 가져갔어. 내 목소리를 인공지능으로 카피해서 전화받은 거 같아. 왜 전화했어!"

"네가 하라며!"

"그건 그러네."

키쇼는 타멜에 대해 속속들이 알아내 재만에게 보고했다. 그리고 후중과 함께 타멜의 집으로 쳐들어왔다. 순식간에 제압된 타멜은 스마트폰을 뺏기고 손발이 묶여서 화장실에 갇혀 있었다고 했다.

도화는 온 집 안에 가득 찬 대마 냄새가 이해되지 않았다.

"대마초는 누가 피운 거야? 너희 집에 오면 간간이 이런 냄새가 나긴 했는데……."

"누님! 그건 나 아니야. 친구 몇 명이 가끔 와서 피울 때가 있었어. 그냥 피우라고 봐준 거뿐이야."

"근데 지금, 이렇게 가득한 연기는 뭐며…… 구재만도……

키쇼도…… 없는데?"

"없어? 다 갔어?"

인공지능으로 타멜의 목소리를 카피해 도화와 통화한 후 그들은 이곳을 떠났다.

"이상하네. 누님 잡히면 죽여버릴 것처럼 말했는데."

도화는 이 적막함이 불길했다. 그때 현관문이 열리는 소리가 들렸다. 건장한 체격의 낯선 남자들이 우르르 들어오더니 내부를 수색하기 시작했다. 그들은 타멜의 작은 사원을 헤집더니 외쳤다.

"여기 있어요!"

뭐가 있다는 거지? 도화도 타멜도 이 수색을 바로 이해하지 못했다. 그중 한 남자가 경찰 배지를 들어 보였다.

"마약류 관리법 위반으로 긴급 체포합니다. 아, 이 연기. 지금도 막 피우고 계셨나 보네. 현행범입니다."

그제야 도화는 자신이 어떤 함정에 빠졌는지 짐작할 수 있었다.

경찰서에서 도화와 타멜이 나란히 문 형사를 보며 마주 앉았다.

"소변 검사 보니까…… 둘 다 음성이네요."

문 형사가 타멜 쪽을 보았다.

"네 쪽에서 제보 간 거다. 너희 집에서 대마초 냄새가 난다는 이웃 항의가 여럿 있었지. 그런데 마침 딱 제보가 들어온 거야."

문 형사가 타멜의 외국인 등록증을 보며 말했다.

"너 네팔 국적이었냐. 어두운 데서 보면 꼭 선이 진하게 생긴 한국 애처럼 보이네."

"왜 얼평하고 그러세요. 이거 인종 차별이에요!"

"까져서 말은 굉장히 잘하네."

도화가 타멜을 향해 턱짓을 했다.

"형사님 각 안 나와요? 모르시겠어요?"

"뭐요?"

"외로워서 틴더로 만남 좀 가져봤습니다, 제가."

"떡을 하려고 했어요?"

"네, 맞네요."

"당신 돌았어요? 음성이야. 음성 뜻 모르나? 안 했다고. 오케이?"

"하려고 했다고요."

문 형사가 어이없다는 듯 도화를 보았다.

"왜요?"

"제가 암 수술 받은 지 얼마 안 됐어요. 의료용으로 시도했죠."

"누님! 뭔 소리야?"

"야! 넌 조용히 해. 너 거기 커서 내가 좀 가지고 놀았다. 너무 슬퍼하지 마 짜샤."

"의료용인데…… 남자는 왜 필요해?"

"대마초 피우고 한번 해보고 싶었어요. 어떤 느낌인지……."

타멜의 얼굴이 붉어졌다.

"아니, 누님 본 적도…… 없으면서……."

전개가 이상하게 돌아가자 문 형사가 황당하게 도화를 쳐다봤다.

"지금 둘이 대본이라도 미리 짰나?"

"대본이라뇨. 그럴 리가요."

문 형사가 타멜을 바라봤다.

"그럼 왜 이 남자 집에서 나왔어요? 대마초가."

"제가 자러 갈 때마다 옮겨놨어요. 주로 얘네 집에서 잤거든요."

문 형사가 타멜을 보며 추궁했다.

"네가 떨 책임자가 아니라는 거야?"

도화가 끼어들었다.

"아니라니까요. 나도 양심이 있죠. 잘 가지고 놀다 감방까지 같이 갑니까?"

타멜이 고개를 숙였다. 문 형사가 경고하듯 도화를 바라봤다.

"장도화 씨, 마리화나는 흡입보다 유통이 처벌이 더 셉니다."
"압니다."
"어디서 공수하셨어요?"
"카트만두. 내 여권 기록 보면 나올 거예요. 네팔에서 꽤 살았어요."
"와. 디테일하게 나오시겠다."
문 형사가 타멜을 보았다.
"넌 가봐, 그럼."
타멜이 주섬주섬 나가자 문 형사가 도화를 보았다.
"장난도 정도껏 쳐야지. 그 정도 양을 가지고 멀쩡히 공항 검색대를 통과했다고요? 혼자?"
도화는 타멜이 경찰서 문을 열고 나가는 걸 지켜보았다.
"맞는 말씀이네요. 저 아닌 거 같아요."
갑자기 도화가 말을 바꾸자 문 형사가 팔짱을 꼈다.
"와, 얘 뭐지? 아무리 초범이라도 이렇게 내빼면 답 없다."
"왜 반말하시나요? 여기 CCTV는 말소리가 녹음이 안 되나요?"
"장도화 씨, 안 되겠네요. 너 그냥 들어가자."

도화는 유치장에서 탈레주 여신과 마주 앉았다. 주사위는 바닥에 놓여 있었다. 이번엔 도화가 먼저 주사위를 던졌다. 2가 나왔다. 여신이 주사위를 던졌다. 1이 나왔다. 찢어질 만큼 부릅뜬 검은 눈에서 눈물이 콸콸 쏟아졌다.

유치장을 툭툭 치는 소리에 도화가 눈을 떴다. 철장 사이로 담배 한 개비가 쑥 들어왔다.

"줄까?"

문 형사였다.

"마리화나 피운다고 다 담배 피우는 건 아닙니다."

"건강보험공단 쪽 정보 보니 수술받으셨더만요. 진짜 의료용이었나 봐."

"그렇다면 달라져요? 벌금이라도 줄여주나요? 형량 낮춰줘요?"

"보험 없으세요?"

"뭐 하시는 거예요? 지금?"

"네?"

"저랑 썸 타려고 그러세요?"

"나 애 아빠야."

"그런데 왜 친근하게 접근하시나요?"

"안타까워서 그렇지. 48시간 안에 보석금 못 내면 구금 처리에서 피고인 신분으로 법원에 넘어가요."

"보석금 얼마죠?"

"3000만 원."

"그런 돈 없어요, 저."

"긁어모아봐야 하지 않겠어요?"

"그 돈이 어딨겠어요? 땡전 한 푼 없습니다."

"차암 태평하시네요. 3,000 못 내면 3년 깜빵인데."

도화가 문 형사를 보았을 때 어딘지 낯이 익다 했는데 이제 어디서 보았는지 기억이 났다. 차미바트 현장 검증 영상 속 형사.

"차미바트 사건 아시죠?"

"글쎄요."

문 형사의 애매한 답변에 도화는 더 확신했다.

"뭔가 걸리는 게 있으셔서 이것저것 물어봐주시는 건가."

"뭔 소릴 하는지…… 원……."

"전화 한 통만 하게 해주시죠. 감옥은 아니잖아요. 여기."

"그 철창을 뭐로 보는 거예요?"

"연옥인가."

"전화 통화는 직접 못 합니다. 대신 해드릴 순 있어요."

"좋아요."

"누구한테 할 겁니까? 번호 외워요?"

"사무실로 해야 해요. 검색 좀 부탁할게요. 네팔이주민여성단체, 서춘해. 제가 만나고 싶다고, 조서에 잉크 마르기 전에 한번 와달라고 해주세요. 아는 사람 꼭 보러 와달라고요."

마땅히 접견할 장소가 없어 문 형사는 조사실을 비워줬다. 루비 반지를 한 여자가 수갑을 찬 도화를 잇몸이 드러날 만큼 활짝 웃으며 바라보았다.

"그 루비, 아직도 가지고 계시네요. 나는 팔았는데……."

도화와 춘해는 인도 뭄바이 출장 중 같은 반지를 샀다. 대표와 직원의 관계였지만, 거친 인도 출장 겸 여행을 함께하며 깊어진 우정의 징표로 샀었다. 예전에는 서로를 보며 닮았다고 느끼곤 했었다. 외모와 스타일뿐 아니라 말투와 존재감, 비전 같은 것. 이제는 머리부터 발끝까지 닮은 구석이 없었다.

"이러고 지내고 있었구나."

"원래는 제가 직접 찾아뵈려고 했어요, 서 대표님. 이런 식이 아니라. 그런데 상황이 꼬였네요."

"대표님이라고 부를 거 없어."

"지금도 대표님이시잖아요."

"네 대표는 아니니까."

불편한 과거의 얽힘을 반추하는 침묵이 흘렀다.

"아는 사람의 아는 사람의 아는 사람…… 서 대표님이시죠?"

"그럴까? 정의로운 쌍년아?"

"상관없어요. 그 이야기 하려고 뵙자는 건 아니니까. 차미바트 사건 아시겠죠? 당연히."

"알지. 사건 자체가 우리 단체랑 밀접한 일이니."

"차미바트 공판 전체는 법정 녹화 됐어요. 변호인 쪽에서 신청했거든요."

"그래. 그래서?"

"제가 허위 통역을 했습니다. 날 고소해줘요. 그리고 차미바트의 법정 대리인이 돼주세요. 아무래도 이 사안에 대한 소장을 제출하는 건 네팔이주민여성단체가 그림이 될 겁니다. 이런 일에 소장 팍팍 제출해야 후원들도 쫙쫙 붙죠. 대표님이 차미바트 편에 서주세요."

"지금 네 꼴 보니 그림까지 잡아줄 처지 같진 않은데?"

"차미바트 사건 항소 기한 하루 남았어요. 빨리 움직여야 해요."

"얻다 대고 고소해달라고 징징거려? 넌 늘 멋진 척은 혼자 다 해? 그지? 그래봤자 너 범죄자야!"

춘해의 목소리엔 해소되지 않은 분노가 느껴졌다. 춘해는 네팔에서 도화가 자기 조직을 해체시키고 명성을 바닥으로 떨어뜨린 게 용서되지 않았다.

"제가 지금 무려…… 대마초 소지 및 유통 혐의로 여기 들어왔어요. 감방 가면 3년이래요. 허위 통역은 5년입니다. 대마 소지와 허위 통역 죄를 합하면 빼박 8년이죠. 대표님, 나

까고 싶지 않았어요?"

"그래, 오래 있고 싶다 이거지? 그렇게 해줄게."

"우린 만나지 않았던 겁니다."

춘해가 루비 반지를 만지며 일어났다. 도화는 이제 기다림만 남았다고 생각했다.

하지만 그날 저녁에 유치장 문이 열렸다.

"왜?"

도화가 황망하게 문 형사를 바라봤다.

"나가세요."

"무슨 소리예요?"

"벌금 내셨습니다."

"누가요?"

"모르겠어요. 어떤 남성분이……? 나가시면 돼요."

도화에겐 유치장에 있다가 법원으로 이송되는 게 제일 안전한 길이었다.

"누군데요?"

"거, 가시라고요."

도화가 어쩔 수 없이 철창 밖으로 나왔다. 그대로 대기 의자에 앉은 도화는 망부석이 돼 움직이지 않았다. 한참 도화를 보던 문 형사가 다그쳤다.

"도대체 왜 안 가요? 업무 방해야."

"다시 넣으시든가."

"그냥 쫓아낼 겁니다."

"문 형사님, 나 현행범이잖아요. 마땅하게 기소돼야 할 걸 보석금으로 낮춰 구금 기간 안에 풀려났다는 건 뒷거래가 있었다는 건가요?"

도화의 말을 들은 순경들이 의아하게 문 형사를 보았다.

"끌어낸다?"

"네팔이주민여성단체가 나 고소했을 거예요. 제가 문 형사님 증인으로 지목할 겁니다. 저랑 같이 묶여서 형사 사건 가기 싫으면 재판 나오세요."

"미친, 뭔 소릴 하는 거야!"

문 형사가 순경들에게 외쳤다.

"저 여자 내보내드려! 밖으로! 어여!"

도화가 붙잡혀 나가면서 외쳤다.

"나 서포 사는데…… 이러는 데 이유가 있을 거라고 생각해요. 잘 생각해요! 잘."

문 형사의 표정이 불편해졌고, 도화의 몸은 밖으로 내던져졌다. 비틀거리며 경찰서를 나와 주차장 쪽을 지날 때 맨손에 두부를 들고 서 있는 재만이 보였다.

"우리 통역사님 너무 비싸다. 당신 나한테 사기 친 거야. 1억

췄던 건 집을 다 뒤져도 없더만. 프로 아냐? 거래 틀어버리고 돈은 어따 빼돌린 거지? 좀 조용하게 처리하고 싶어서 유치장 보내놨더니 또 초를 쳐서 3,000 더 쓰게 만드네. 어떻게 변상하시려고?"

"그러니까 계산을 잘했어야지."

"당최 이해가 안 가네. 도대체 왜 자기 무덤을 자기가 파지?"

"너 같은 인간은 영원히 모르는 영역이 있는 거야."

뒤에서 누군가 도화의 목에 주사기를 훅 찔렀다. 서서히 다리에 힘이 풀릴 때 거구의 남자가 도화를 차에 쑤셔 넣었다. 경찰서에서 나오자마자 바로 재만에게 이송되는 꼴이었다.

가물가물한 시선으로 눈을 떴을 때 들리는 건 쓱— 쓱— 끌리는 소리뿐이었다. 후중이 도화의 다리를 붙잡고 끌고 가고 있었다. 발버둥 쳐도 몸이 움직이지 않았고 다시 스르르 눈이 감겼다.

셔터가 닫히는 소리에 눈을 떴을 때 도화는 다량의 문서 옆에 앉아 있었다. 겨우 앞을 보니 재만과 후중, 키쇼가 보였다. 네팔 소녀가 떨리는 작은 손으로 파쇄기의 전원 버튼을 눌렀다. 칼날이 부딪치는 매서운 소리와 함께 파쇄기가 돌아갔다. 도화는 몸을 움직이려 했으나 마비가 풀리지 않았다. 찰싹! 후중이 도화의 뺨을 후려쳤다. 재만이 뒷짐을 진 채 가만히 이 장면을 지켜보았다. 도화가 마비된 혀를 겨우 굴려 말했다.

"나 법정에 안 세우려고 죽이는 건가. 그런데 내가 법정에 안 나오면 이상해하는 사람 많을걸."

"사람들이 너 따위에 관심이 있을까? 허위 통역 고발한 게 정말 너 맞아?"

"그래, 나야."

"도대체 왜? 내가 허위 통역 교사 했다고 하게?"

"나 함부로 건드리지 마. 건들면 너도 용의선상에 있는 거야."

"왜? 너만 없음 증거도 사라지는데. 내가 괜히 어려운 길을 돌아왔네. 쉽게 갈걸."

후중이 식칼을 들었다.

"고민할 거 없어요. 마취 풀리기 전에 썰어버리죠. 당장."

후중이 식칼로 도화의 심장을 내리꽂으려는 순간, 도화가 발로 퍽! 후중의 가슴을 가격했다. 하지만 힘이 약했다. 후중이 비웃으며 다시 식칼을 정확히 내리꽂으려는데 둥— 둥— 둥— 나지막하게 북소리가 들려왔다. 키쇼에게 불길에 휩싸인 치맛자락을 쓸며 위엄 있게 걸어오는 하얀 맨발, 길게 늘어뜨린 풍성한 검은 머리, 여러 개의 팔이 원을 그리며 탈레주 여신이 네팔 소녀의 몸으로 흡수되듯 들어가는 모습이 보였다. 네팔 소녀의 이마 중앙이 쩍 갈라지더니 검은 눈동자가 번쩍 뜨였다. 네팔 소녀가 차갑고 격조 있는 목소리로 말했다.

"मम पुरतः जानुभ्यां न्यस।।" (내 앞에 무릎을 꿇어라.)

후중이 그 목소리에 흠칫 놀랐다. 키쇼가 오들오들 떨면서 네팔 소녀 앞에 무릎을 꿇고 사죄하듯 머리통을 바닥에 연신 박았다. 재만이 당황해서 물었다.

"다들 뭐 하는 거야? 야! 너 안 일어나? 일어나!"

키쇼는 재만의 말을 듣지 않았다. 후중이 두 팔을 벌리며 기쁘게 외쳤다.

"그래, 들리지? 다들 들리는 거지? 저 말이야! 내 귀에서 계속 떠드는 저 말!"

후중은 식칼을 도화에게 들이대며 위협적으로 말을 계속했다.

"네가 통역해. 내 귀에 계속 뭐라고 지껄였던 건지!"

그 말은 네팔어가 아니라 산스크리트어였다. 그런데 기묘하게도 도화의 귓속에 들어온 그 말이 이해가 되었다. 네팔 소녀는 후중을 또렷이 보며 말했고 도화는 그 말을 그대로 통역했다.

"त्वं मम पार्श्वे मृत्युबकः भविष्यसि।"

"너는 내 옆에 죽은 염소가 될 것이다."

식칼을 들고 있는 후중의 손이 미세하게 떨렸다.

3장 이빨과 주사위 253

"असंख्यवारं कथितं तु बधिरिकरणं कृतवान्।"
"나는 너에게 수없이 말했으나 귀를 닫은 건 너였으니."
"अपितु मम बलिदानं भवतु।"
"차라리 내 제물이 되어라."

그 순간, 도화의 몸에서 마비가 풀렸다. 도화는 노끈에 묶인 문서 뭉치를 던졌다. 후중의 손이 문서에 맞아 식칼이 바닥에 떨어졌다. 키쇼가 홀린 듯 식칼을 들어 후중의 등 뒤로 갔다. 키쇼가 힘껏 식칼을 꽂으려는 찰나! 도화가 몸을 날려 키쇼를 막았다. 그사이 후중이 바닥에 나뒹구는 식칼을 들어 네팔 소녀에게 달려들었다.

"여신? 씨발 죽어어어!!!"

그 순간 후중의 심장부터 불이 확 솟아 활활 타올랐다. 재만이 이 모든 걸 이해할 수 없다는 듯 불길을 넋 놓고 바라봤다. 키쇼는 놀란 듯 납작 엎드려 파들파들 몸을 떨었다. 후중은 몸 전체가 불길에 휩싸여 발버둥 쳤다. 도화의 두 눈동자에 파란 남자가 자글자글 타들어가는 모습이 맺혔다. 불덩이가 여기저기 번지며 모든 게 불탔다. 도화가 힘껏 셔터를 올리자 새까만 검은 연기가 바깥으로 토해지듯 빠져나갔다. 도화가 네팔 소녀를 안고 나갔고 재만이 콜록거리며 반쯤 기어 나왔다. 키쇼도 뒤따라 나왔다. 불은 삽시간에 물진산업 건물 전체에 붙었다. 멀리서 사이렌 소리가 들려왔다.

재만이 도화의 옷자락을 확 잡아 바닥으로 내동댕이치는 바람에 도화가 바닥에 꼬꾸라졌다. 다음 순간, 키쇼가 주머니에서 커터 칼을 꺼내 재만을 향해 위협적으로 휘둘렀다. 재만이 서서히 뒤로 물러나더니 뒤돌아 달렸다.

곧 소방차 여러 대가 도착했고 도화와 키쇼, 네팔 소녀는 나란히 응급 요원에게 처치를 받았다. 키쇼가 도화에게 시원한 물병을 건넸다.

"왜 날 말렸어요?"

도화가 자신의 머리 위로 물을 부으며 말했다.

"너가 키쇼지? 널 찾아다니다가 알게 됐어. 네 꿈이 의사가 되는 거라는 걸. 그런데 네 손으로 죽이면 돌이킬 수 없잖아. 그럼 넌 왜 커터 칼을 구재만한테 휘두른 거지?"

"당신이 내가 찌르려던 걸 말려줬으니까."

"저 애 네 동생이야? 딸이야?"

키쇼는 네팔 소녀를 안은 채 대답하지 않았다. 도화는 말하지 않아도 기구한 사연이 이들을 휘감았을 것이라 예상했다.

"난 허위 통역으로 고소됐어. 검경 수사 통역까진 파지 않게 할게. 그래도 내 의지와는 다르게 의문이 제기될 수 있어. 그러니 최대한 빨리 한국을 떠나. 추방보단 네 발로 떠나는 게 나을 거야."

키쇼가 고개를 끄덕이며 네팔 소녀의 손을 꽉 붙잡았다. 어디로 갈지 막막해 보였다.

"갈 곳은 있어?"

키쇼가 고개를 저었다.

"타멜 집으로 가. 받아줄 거야. 그리고 경찰 오기 전에 컨테이너 문은 열어야 하지 않겠어? 다들 불법 체류자들이잖아."

도화의 말에 키쇼가 묘한 궁금증으로 바라봤다.

"당신 어디 사람이에요?"

도화가 피식 웃었다.

"그런 게 어딨어?"

키쇼가 재빨리 주머니에서 열쇠를 꺼내어 컨테이너 문을 하나씩 열었다. 문이 모두 열리자 "곧 경찰이 올 거야! 빨리 가!"라고 키쇼가 외쳤다. 사람들은 일사분란하게 흩어졌다. 키쇼도 네팔 소녀의 손을 잡고 달렸다.

경찰 여럿과 함께 문 형사가 도착했을 때 응급차 보조 발판에 도화만이 걸터앉아 있었다. 도화는 김후중이 온몸이 검댕이가 된 채 사망했다고 알렸다. 문 형사가 불이 난 경위에 대해 물었다. 불씨가 없이 김후중의 심장에서 발화점이 시작됐다는 도화의 진술을 믿지 못하는 듯했다. 문 형사는 물진산업 내 CCTV를 여러 대 확보했으니 확인 후에 연락이 갈 것이라고 했다. 집까지 태워주겠다는 문 형사의 말에 도화는 가까운 바다에 가달라고 부탁했다.

경찰차는 서포 해변에 세워졌다. 도화는 문 형사에게 증인 출석을 부탁한다고 단도직입으로 말하고 차에서 내렸다. 피범벅인 운동화를 벗고 맨발로 바닷물 속으로 절룩절룩 걸어 들어갔다. 파도에 피와 검댕이가 씻겨 나갔다. 도화는 그대로 한참을 출렁이는 파도 위에 휘청거리면서도 몸을 맡겼다. 새로운 세계를 보는 듯 수평선 너머가 경이로웠다. 도화는 알았다. 앞으로 긴 세월, 이 바다를 못 볼 것이다.

※

피멍이 든 채 도화가 창주탈핵연대로 돌아오니 국선이 기다리고 있었다.
"어디 갔다 오신 거예요? 걱정했어요. 전투하고 오셨어요? 이 꼴은 뭡니까?"
"뭐 그렇게 됐습니다."
"그리고 고소당하셨어요. 아세요?"
"네. 압니다. 제가 하라고 했거든요."
국선이 그건 또 뭔 소리냐 싶게 도화를 쳐다봤다.
"제 국선이 되어주시는 거죠?"

3장 이빨과 주사위

"그렇지만…… 그래요. 잘 부탁드립니다."

"저도요."

"구재만이 증인으로 올 겁니다. 본인이 허위 통역을 교사했다는 의혹을 받고 있으니 이유 없이 출석을 거부하진 않을 겁니다. 그게 더 불리하게 작용할 수 있다는 걸 아니까요. 하지만 이 공판에서 구재만이 빠져나가면, 다시는 부를 수 없을지도 몰라요."

"처음이자 마지막 기회군요."

"네. 그러니 구재만도 확실히 빠져나갈 준비를 하고 있을 겁니다."

국선이 묵직하게 대답했다.

"선생님께서 사라진 사이 저희 연대에서 구재만에 대해 많이 알아봤어요."

그때 문이 열렸다. 도화가 돌아왔다는 국선의 연락을 받고 달려온 장교장과 박두리안이었다. 모두 한 테이블에 둘러앉았다. 국선이 구재만에 대해 브리핑하기 시작했다.

구재만은 최고의 로펌에 다니다 퇴사했다. 그 후 그는 '큰 분'에게 받은 업무만 했다. 일명 '원전 구루'라는 인물이었다. 원전 구루는 창주탈핵연대가 오랫동안 조사해온 '머리'였다. 그는 까다로운 원전 관련 이슈가 생기면 그림자처럼 나타나 어떤 방식으로든 해결하고 사라졌다. 원전 구루는 베일에 쌓인 자선사업가로 상상을 초월하는 재력과 인맥을 가졌다. 강박적으로 스마트폰과 메일 등 전자 기기를 일체 사용하지 않아 본인의 위치가 공개되지도 않을뿐더러 추적될 수도 없었다. 그래서 디지털 기록이 전무했다. 오직 금과 코인만 사용해 돈의 흐름도 잡히지 않았다. 공적 기관조차 원전 구루에 대한 풍문만 알고 있었다.

도화는 재만이 수동 타자기를 가끔 쓴다고 한 말이 떠올랐다.

여기까지 말한 국선이 허공에 원을 그리다 말았다.

"빠진 고리가 있어요. 원전 구루는 왜 촌구석 하청 업체의 일에 끼어들었을까?"

도화가 물었다.

"다른 이유도 있다는 거예요?"

"황정수를 죽인 자는 김후중이죠. 그렇다면 황정수의 죽음을 지시한 건 누굴까요?"

도화가 가만히 생각하다가 "천백우?"라고 되묻자, 국선이 뿌연 안갯속을 헤매는 표정으로 대답했다.

"김후중은 천백우의 말을 따르니 그렇다고 보여요. 그들의 제2방폐장 유치 작전에 황정수는 분명 걸림돌이었으니까요. 그런데 천백우의 단독 명령이었을까요? 그 부분이 확실하지 않지만…… 힌트는 있어요. 황정수의 사라진 5년."

5년 전, 황정수는 조무래기들의 돈보다 대어의 돈으로 크게 한 방 하고 싶었다. 황정수가 원전 밑 도급 업체 비리를 추적할 때마다 맨 꼭대기에 희미하게 원전 구루가 보였다. 퇴사 후 황정수는 원전 구루만 쫓았다. 처음엔 돈을 벌 생각이었다가 점점 집착이 되어 광적으로 쫓았다. 황정수는 원전 구루에게 꽤 가까이 접근한 것으로 짐작된다. 하지만 그가 죽은 날 모아놓았던 모든 자료는 불타거나 파쇄됐다.
 "그런 황정수가 왜 갑자기 투사가 된 거죠?"
 도화의 질문에 장교장이 입을 열었다.
 "전미령 님은 아들이 죽고 방폐장 건립에 반대하는 여러 일을 하셨어요. 그중 하나가 사진 전시였어요. 우리 다 그 전시에 간 적이 있어요. 거기서 두 사람이 만났습니다. 황정수와 전미령."
 실체가 잘 잡히지 않는 원전 구루를 찾는 일에 지쳐 있던 황정수는 동네에서 열리는 사진 전시에 갔다. 전시 제목이 자신의 처지 같다고 느꼈다. '사라지는 빛'. 아무 생각 없이 보던 사진에서 황정수는 숨죽였다. 사진들은 방폐장 건립 초창기부터 지금까지를 주제로 사람과 장소들의 모습을 다루고 있었다. 건설과 노동 현장부터 질병의 상태까지, 사진 속에는 그의 동네 친구와 이웃들이 섞여 있었다. 마지막 세션에 들어섰을 때, 회색 벽면에 붙은 4×6인치의 흑백 사진이 황정수를 사로잡았다. 눈을 뜬 채 죽어 있는 어린아이의 허망한 눈동자와 마주했다. 전미령의 아들이었다. 자신의 기사들이 이 아이의 죽음에 동참했다는 고통이 밀려왔다. 황정수가 그대로 주저앉아 있을 때 전미령이 말을 걸었다. 둘이 동지가 된, 첫 만남이었다.

"두 분이 서로 사랑했는지는 모르겠지만…… 마지막까지 같은 마음을 공유한 건 맞습니다."

잠시 정적이 흐르고 도화가 입을 열었다.

"구재만은 수동 타자기로 업무를 해요. 그런데 캐리어 무게는 7킬로그램이 안 된다고 했어요. 그러니 수동 타자기를 들고 다니는 건 아니겠죠. 스마트폰도 없이 연락을 받았겠네요."

"그런 곳에서 원전 구루의 연락을 기다렸겠죠."

"구재만은 창주에 와서도 쭉 호텔에 있다고 했어요."

하지만 어느 호텔일까? 앞이 깜깜하게 있던 도화는 불현듯 키쇼가 떠올랐다. 일말의 기대를 안고 타멜에게 전화를 걸었다. 수화기 너머로 파도 소리와 함께 타멜의 정겨운 목소리가 들려왔다. 타멜은 키쇼, 네팔 소녀와 함께 리틀포카라에서 짜파티 외식 중이라며 스피커폰으로 바꿨다. 도화는 키쇼에게 재만이 현재 묵고 있는 호텔 정보를 물었다. 키쇼가 또박또박 대답했다.

"AQ호텔 330호실에 있어요. 호텔 사이트에는 공개돼 있지 않지만 수동 타자기가 비치돼 있고, 소음이 완전히 차단된 특실이에요. 가끔 나한테 와인 심부름을 시켰었거든요."

도화가 차분히 말했다.

"지금 구재만이 그 방에 있다는 걸 아는 사람은 원전 구루와 우리뿐이에요."

국선이 말을 받았다.

"그가 제일 두려워하는 건 원전 구루고요."

장교장이 코끝까지 내려온 안경을 올렸다.

"원전 구루가 제일 싫어하는 건 자신이 누군지 밝혀지는 거고. 그건 구재만이 잘 알겠지?"

다음 순간, 모두의 머릿속에 똑같은 생각이 떠올랐다. 도화가 장교장을 보았다.

"아무래도 중후한 장교장 님 목소리로 전화를 거는 게 제일 좋을 것 같아요."

장교장이 일어나 수화기를 들었다. 모두가 적막을 유지했다.

"안녕하세요. 330호실에 메시지를 전달하고 싶습니다. 네, 꼭 적어서 메모를 문틈에 넣어주세요. 이렇게 적어주세요. '노출되었다'라고요."

공판 하루 전, 국선을 통해 춘해한테서 연락이 왔다. 차미바트가 도화를 만나고 싶어 한다고 했다. 단, 도화의 혐의가 허위 통역이라 네팔이주민여성단체 쪽에서 녹음을 할 것이라고 했다.

창주교도소 접견실에서 방탄유리를 사이에 두고 도화와 차미바트가 마주했다. 차미바트는 도화가 보낸 고아 바다 사진을 들고 있었다. 이어 사진을 뒤집자, 네팔어로 된 글귀가 보였다.

परख। म तिमीलाई समुद्रमा लैजान्छु। (기다려. 내가 너를 바다로 데려가줄게.)

"यो तपाईंले पठाउनुभएको हो नि?" (당신이 보낸 거죠?)

도화가 끄덕였다.

"चाङ्जुसम्म आएर पनि समुद्रमा जान पाएको छैन।" (창주에 와서도 바다 못 가봤어요.)

"मैले गरेको झूटो अनुवाद फेला पारियो भने अब उप्रान्त हुने तपाईंको अपीलमा फाइदा हुने छ।" (내 허위 통역이 밝혀지면 앞으로 있을 당신 항소심에 유리할 겁니다.)

"तपाईंलाई कहिले देखि मेरो कुरा सुनिन्थ्यो?" (언제부터 내 말이 들렸어요?)

"समुद्र देख्न मन लाग्यो। 'त्यति बेला देखि।" ('바다가 보고 싶어요.' 그때부터.)

4년 전, 갑작스레 다시 거리로 내던져진 서른여 명의 아이들이 도화를 둘러쌌다.

"우리 같이 살 집 지어주는 거죠?"

도화는 어떤 말도 할 수 없어 입을 닫고 무력하게 서 있었다. 아이들이 도화의 바지춤을 붙잡고 올려다보았다.

"우리 이제 어디로 가요? 보육원에서 공부하다 보면 한국에 갈 수 있다고 했잖아요. 한국에 가면 바다 볼 수 있다고 했잖아요. 거긴 바다 있다면서요."

아이들이 도화를 향해 동시에 외쳤다.

"바다가 보고 싶어요."

도화는 그 자리에 주저앉아버렸다.

그 후 흩어진 아이들의 소식이 들렸다. 앵벌이를 하다 길거리 패싸움에 휘말리거나 인도 서커스단으로 납치되거나 중국이 벌이는 히말라야 정비 사업의 노동을 하며 돌을 나르고 있다고 했다.

도화는 접견실에서 차미바트의 검은 눈동자를 바라보며 한국말로 말했다.

"나에게는 여러 말이 들릴 때가 있었어요. 옳은 말, 멋진 말, 틀린 말, 쓰레기 같은 말, 멍청한 말······. 그때 나는 옳은 말을 들었다고 생각했는데, 진짜 들었어야 했던 말은 '바다가 보고 싶어요' 그거였어. 텔레비전에서 당신 말을 들었어요. 바다가 보고 싶다는 그 말. 이번에는 그 말을 따라가야겠다고 생각했어요. 그냥, 그게 답니다."

차미바트는 마치 도화의 말을 알아들은 사람처럼 바라봤다.

"내 말을 통역해줄 수 있어요? 당신이 해야 해요."

"말해보세요."

"여신은 왜 주사위를 던졌을까요?"

도화는 멍해졌다.

"내 꿈을 봤어요?"

"당신은 이 말을 통역해야 합니다."

차미바트가 교도관을 따라 돌아섰다.

창주탈핵연대 사무실로 돌아온 도화는 차미바트의 질문을 곱씹고 있었다.

—여신은 왜 주사위를 던졌을까요?

도화는 볼펜과 종이를 가져다 세 번의 꿈을 복기했다. 여신과 도화는 각각 주사위를 던졌다.

5와 4, 3과 2, 2와 1. 두 번은 여신이 이겼고, 한 번은 도화가 이겼다.

도화가 한참 숫자를 뚫어지게 보며 여러 조합을 해봐도 어떤 규칙 같은 건 알 수 없었다. 그러다 문득 국선이 입고 있는 티셔츠에 프린트된 '절룩거려도 함께 투쟁!'에서 '함께'라는 부사에 시선이 꽂혔다. 여신은 주사위 게임에서 지든 이기

든 분노하거나 울었다. 즉, 승부를 내는 게임이 아니다. 어쩌면 네게 나온 수와 내가 나온 수로 무언가를 하자는 것이 아닐까? 이런 생각에 이르자, 도화는 종이 위에 숫자를 써나갔고 이내 오싹해졌다.

5+4=9 / 3+2=5 / 2+1=3

"국선님. 내일이 며칠이죠?"
"본인 재판 날짜도 모르세요? 9월 5일이잖아요."
"재판 날짜를 바꿀 수 있을까요?"
국선은 황당했다.
"없죠."
"재판 시간은요? 재판 시간을 바꿀 수도 있나요?"
"2시요. 근데 이유가 뭐죠?"
"증거가 나와요."
"추가 증거 제출을 희망할 때는 공판 기일에 출석해서 재판장에게 공식적으로 진술해야 해요."
"정확히 3시여야 합니다. 증거가 오후 3시에 나올 거예요."
"저는 잘 이해가 안 갑니다. 3시에 증거가 나온다면 그때는 이미 재판이 한참 진행 중이에요."
"그러니까 바꿀 수 없냐는 거죠. 모든 걸 뒤집을 확실한 증거라면요."

 국선이 난감하게 서 있다가 재판부에 전화를 걸었다. 행정 직원이 받자 국선은 자신의 신분을 말하고는 공판 시간을 바꾸는 게 가능한지 물었다. 행정 직원의 당황하는 목소리가 수화기 너머로 흘렀다.

 "안 돼죠. 변호사님, 정중하게 의견을 담은 연기 요청서를 제출하십시오."

 국선이 예상한 대답이었다.

 "그렇다면 대신 차선이 가능할까요?"

 "네, 말씀하세요."

 "법원 사무관님의 현장 파견을 요청드립니다."

 "공판을 진행하는 중에요?"

 "네."

 잠시 정적이 흐르다 행정 직원이 말을 이었다. 일단 들어나 보자는 투였다.

 "어느 현장으로 가야 하는 거죠?"

 국선이 수화기를 내리고 도화에게 되물었다.

 "어느 현장이요?"

 도화가 또렷이 대답했다.

 "방폐장의 끝."

※

"무덤 같아요. 여기."

다음 날, 박두리안이 방폐물 저장 창고 안에서 수만 개의 드럼통이 든 콘크리트 처분 용기를 내려다보며 장교장에게 말했다. 옆으로는 환경방사능안전지부 홍보팀장과 법원 사무관이 나란히 서 있었다. 홍보팀장이 불만스레 말했다.

"3시까지만 기다리면 되죠?"

"네."

"계측기가 망가졌다느니 그딴 헛소리는 말아주세요. 멀쩡하니까."

박두리안이 답답하다는 듯 말했다.

"누가 기계 문제래요? 지반이 불안하다고 했잖아요. 하여튼 말이 안 통한다니까."

"탈핵연대가 시민 대표라는 건 여전히 의문입니다."

"그쪽은 공수원에서 월급 받죠? 당최 조직이 분리가 제대로 돼야지."

"만약에 그 말도 안 되는 일이 정말로 일어난다면 뭐 어쩔 거예요?"

장교장이 경고하듯 홍보팀장을 보았다.

"드럼통의 표본을 현장에서 우리가 선택한 후 바로 계측할 겁니다. 그리고 동굴 처분장 시설로 들어가 현장에서 내부 상황도 찍을 거고요. 드럼통이 어떻게 돼 있나 볼 겁니다."

법원 사무관이 손목시계를 보며 말했다.

"이제 공판은 시작했겠네요."

피고인석에는 도화가, 검찰 측에는 강 검사와 춘해가 앉아 있었다. 도화가 방청석을 바라봤다. 제일 먼저 영두와 타멜과 눈이 마주쳤다. 곽 미용사, 수희와 수희의 딸도 앉아 있었다.《창주저널》의 기자들, 보라나비연대 한 이사도 보였다. 그들의 눈빛도 도화만큼이나 긴장돼 보였다. 곧이어 판사 셋이 들어와 앉았다. 차미바트 사건과 연결돼 있어 같은 판사가 배정되었다. 강 검사가 마이크에 대고 모두진술을 시작했다.

"피고인 장도화는 창주법원에서 차미바트 사건에 대한 허위 통역을 했습니다. 이는 형법 제154조에 위반됩니다. 맞습니까?"

도화가 몸을 반듯하게 세우며 또렷하게 말했다.

"맞습니다."

"차미바트에게 개인적인 원한이 있습니까?"

"없습니다."

"왜 허위 통역을 했죠?"

"의뢰를 받았습니다."

"의뢰를 받았다고 해서 법정 모독을 해도 되는 겁니까?"
"아닙니다."
도화가 바로 인정하자, 강 검사가 이어 말했다.
"이상입니다."
재판장이 변호인 쪽을 보았다.
"신문하세요."
국선이 일어났다.
"피고인, 허위 통역을 누군가에게 교사받은 적이 있습니까?"
도화가 대답했다.
"네. 있습니다."
국선이 재차 물었다.
"교사한 자가 누구죠?"
도화는 증인석에 앉아 있는 재만을 가리켰다. 재만이 표정 없이 도화를 쳐다보다, 입을 열었다.
"저는 의뢰를 한 적 없습니다. 그리고 저는 증인 자격으로 나왔다는 걸 본 재판에서 유념해주시길 바랍니다."
의례적인 증인 선서가 이어지고 문 형사가 증인석에 앉았다. 국선이 물었다.
"이 자리에 왜 나오셨는지 말씀해주시겠습니까?"
"피고인의 무죄를 증명하기 위해 나왔습니다."
"무엇이죠?"

"장도화 씨는 대마 소지죄 현행범으로 구금 중이었습니다. 그런데 구재만 변호사가 저에게 뒷돈을 건네고 보석금으로 경찰 내에서 처리할 것을 제안했습니다."

"그래서요?"

"장도화 씨가 초범인 데다 생활고에 시달리던 터라 저 역시 훈방 조치에 동의하고 말았습니다."

"이상하네요. 왜 굳이 그렇게까지 했을까요?"

"장도화 씨가 이 법정에 서는 것을 막으려 했던 것 같습니다. 왜냐면 김후중과 구재만이 장도화 씨를 납치해서 처리하려 했다는 정황이 있습니다."

국선이 재만을 보며 물었다.

"증인은 물진산업을 알고 있습니까?"

"모릅니다."

"그럼 질문을 바꾸겠습니다. 물진산업에서 돈을 받은 적이 있습니까?"

"없습니다."

국선이 수표를 들어 올렸다. 재만이 마트 VIP 와인 창고에서 이서했던 수표였다. 재만이 아차 싶을 때 국선이 재판장을 바로 보며 말했다.

"구재만 변호사가 장도화 피고인에게 건넨 수표 100만 원권입니다. 은행 조사 결과, 천백우 대표가 발행한 자기앞 수표입니다."

 국선이 수표와 은행 서류를 증거물로 제출했다. 강 검사가 물진산업 서류를 둘러보며 물었다.

 "천백우 대표가 왜 나오죠? 이분은 물진산업에 이름이 없는데. 왜 연결 짓는 겁니까?"

 국선이 리모컨을 누르자 준비한 사진이 스크린에 떴다. 방폐장 기공식 사진이었다. 천백우와 공수원 직원들이 보였다.

 "이 양복을 입고 있는 분이 천백우 대표입니다. 당시는 물진산업을 운영하셨죠."

 재만이 항의하듯 말했다.

 "논조에서 너무 벗어나시는데요."

 재판장이 거들었다.

 "인정합니다."

 "구재만은 소속된 로펌도 협회도 없는 변호삽니다. 프리랜서일까요? 그것도 조금 애매한 게……."

 이번엔 강 검사가 나섰다.

 "변호인은 지금 뭘 하는 겁니까? 다른 이야기 좀 그만하고 본론을 말하세요!"

 그래도 국선은 자기 속도를 유지했다.

 "네, 그런데 모시는 분이 있습니다. 그분이 직접 천백우 대표 일당을 도우라고 구재만을 엮었습니다. 이분이 참 돈도 파워도 엄청난 분인데요. 성함이……."

"그만하라고요!"

재만이 국선의 말을 노골적으로 끊었다. 며칠 전 '노출되었다'라는 메시지가 호텔 방에 도착했다. 재만은 원전 구루의 연락을 받을 수는 있지만, 할 수는 없었다. 그래서 메시지의 내용을 구체적으로 확인할 길이 없었다. 그런데 지금 국선이 '그분'의 성함을 공개하겠다고 압박하고 있었다.

국선은 더 세게 호소했다.

"여기 방청객에 기자분들 계시죠. 잘 들으셔야 합니다. 성함을 말씀드리면 모두 놀랄 분이거든요. 이름만으로 대한민국을 움직이는 분이죠."

재만은 그 이름만큼은 밝힐 수 없어 자폭을 결정했다.

"제가 천백우 대표와 직접 거래했습니다. 프리랜서라. 그 수표가 증거네요. 천백우에게 받은 거니까."

국선이 쐐기를 박았다.

"거래, 하셨군요."

강 검사가 자리를 박차고 일어났다.

"재판장님, 이 사건은 통역사의 허위 통역에 관한 겁니다. 변호인이 제출한 증거는 이 재판과 관계가 없습니다."

"허위 통역을 의뢰한 이유가 이 사안의 핵심입니다. 또한, 공판 기간 중 증인의 교사가 밝혀지면 공동 피고인이 될 수 있습니다."

재만이 가만히 있었다. 이 상황을 받아들이는 것 같았다.

국선이 힘주어 말했다.

"구재만은 천백우 대표와 직접 거래했다고 밝혔습니다. 그리고 피고인 장도화는 물진산업의 어떤 이익과 관련된 목적으로 허위 통역을 의뢰받았습니다."

재판장이 정리했다.

"지금까지 나온 추론과 증거로 볼 때 증인 구재만이 공동 피고인이 될 가능성이 농후함으로 이 재판에서 논의할 수 있다고 판단됩니다. 변호인 측 신문을 이어가세요."

교도관과 함께 들어온 차미바트가 증인석에 앉았다. 국선은 피고인석을 보았다.

"장도화 피고인."

"네."

"허위 통역 후 본인은 왜 창주 방폐장 일대를 돌아다녔습니까?"

"차미바트가 법정에서 증언한 내용을 그대로 쫓아가고 싶었습니다."

"왜죠?"

"저만이, 들었기 때문입니다."

강 검사가 마이크에 대고 시큰둥하게 물었다.

"들었다는 사람이 허위 통역을 합니까?"

국선이 흩어진 좌중을 다시 집중시키며 물었다.

"피고인은 그래서 뭘 알아냈나요?"

"고 황정수가 쫓았던 건 창주 방폐장의 안전성 문제였어요."

"계속 말씀하세요."

"그는 거의 증거에 다가갔습니다. 방사능 감마선 계측값이 위험 수위로 측정된 문서를 파쇄 업체에서 구했습니다."

"황정수는 그 증거를 어떻게 가지게 되었습니까?"

도화가 차미바트를 가리켰다.

"그녀가 줬습니다."

강 검사가 탁! 탁자를 내리쳤다.

"차미바트는 한국어를 전혀 할 수 없어요. 그런데 어떻게 방사능 감마선 계측값 같은 중요 문서를 파악하고 줄 수 있단 말이죠?"

국선이 증인석에 앉은 차미바트를 보며 말했다.

"그 문서를 고 황정수에게 줬습니까?"

네팔이주민여성단체에서 붙인 남자가 증인석 옆에서 통역을 했다. 차미바트가 대답하려고 하자, 강 검사가 말을 가로챘다.

"이의 있습니다 재판장님. 이 사건은 허위 통역의 정황을 밝히는 것이지, 창주 방폐장과 관련 문서는 소장에 없는 내용입니다. 변호인 측은 계속 사안에 벗어나는 질문을 하고 있습니다."

국선이 강하게 반박하며 방청석을 보며 호소했다.

"아닙니다! 앞서 말씀드린 것처럼 이 질문은 왜 허위 통역을 교사했느냐, 무엇을 숨기기 위해서냐에 관한 것이기에 짚고 넘어가야 합니다. 또한 이 사안은 창주 시민들의 안전에 관한 중요한 문제를 담고 있습니다."

방청객의 궁금증을 유발하는 대목이었다. 재판장이 말했다.

"변호인 측 계속하세요."

국선이 차미바트를 보았다.

"대답하세요. 방사능 감마선 계측값이 적힌 문서를 고 황정수에게 줬습니까?"

통역이 이어졌고, 차미바트가 대답했다.

"हजूर, हो।" (네, 그렇습니다.)

"그렇다면 그 문서가 무엇인 줄 알았습니까?"

"थाह थिएन।" (몰랐습니다.)

"그럼 왜 고 황정수에게 문서를 줬습니까?"

통역을 들은 차미바트가 도화를 바라보았다. 도화가 말해도 괜찮다는 듯 차미바트에게 고개를 끄덕여 신호를 줬다.

"देवीले दिन भन्नुभयो। देवीलाई त्यो कागजात घिनलाग्दो लाग्थ्यो।" (여신이 주라고 했습니다. 여신은 그 문서를 역겨워했어요.)

이 대답은 국선조차 당황케 했다.

"……여신이요? 비유적인 표현입니까?"

방청석이 웅성거렸고 국선의 표정엔 불안이 스쳤다. 강 검사가 코웃음을 쳤다.

"본 검찰은 증인 차미바트의 정신 감정을 진지하게 요청하는 바입니다."

벽시계는 막 3시를 가리키고 있었다. 재판장이 국선을 보았다.

"변호인 측이 주장하는 그 문서라는 건, 지금 있습니까?"

국선이 식은땀을 흘리며 입을 열려는 찰나, 삐―! 긴급 재난 문자 경고음이 동시에 울렸다. 지진 발생 안내 문구가 스마트폰 액정에 떴다. 법정의 마이크가 툭 바닥으로 떨어졌다. 땅이 급격하게 흔들리며 모두의 몸이 흔들렸다. 지진의 강도는 점점 더 거세졌다. 휘청이던 의자도 쓰러졌다. 땅과 천장이 요동치자 괴성이 울렸다. 쨍― 창문 유리가 깨지고 유리 파편이 바닥으로 쏟아졌다.

오직 도화와 차미바트만이 꼿꼿이 앉아 있었다. 두 사람은 어떤 흔들림도 없이 서로를 보았다.

이윽고 흔들림이 멈췄지만 의자 아래로 숨은 사람들은 그대로 수그린 채 있었다. 그때 진동 소리와 함께 국선의 스마트폰에 문자가 도착했다. 국선이 벌떡 일어나 외쳤다.

"증거가 나왔습니다. 증거요!"

※

창주교도소 복도를 파란 수의를 입은 도화가 교도관을 따라 걸어나갔다. 접견실에 앉은 도화가 국선을 마주했다.

"지내기는 좀 어때요?"

"괜찮아요. 무상 의료도 받고."

"아무튼 재밌으시다니까. 그간의 상황을 말씀드릴 겸 왔어요. 구재만 변호사가 살인 사건의 진범이 김후중이라고 진술했습니다. 천백우는 구재만을 가지치기한 모양이에요. 구재만은 천백우를 물고 늘어지고 있어요. 자기만 당할 순 없으니까. 물진산업을 제대로 엮고 들어가려는 전략으로 보여요."

"자기들끼리 서로 폭탄 던지기 하는 거네요."

"그렇죠. 그리고 사람들이 하나둘 공수원을 상대로 손해배상 움직임을 보이고 있어요."

"저도 끼워주나요?"

"이미 리스트에 넣어놨습니다. 도화 씨도 함께 움직입니다."

"국선 님은 어떻게 지내세요?"

"저는 원전 구루를 끝까지 찾아낼 겁니다."

잠시 정적이 흐르다 국선이 물었다.

"그런데 그날 대화요. 마지막으로 차미바트와 접견실에서 나눴던 대화 말입니다."

"네?"

"차미바트에게 뭘 들으셨던 겁니까?"

도화가 당황해서 재차 물었다.

"뭘…… 들었다뇨?"

"네팔이주민여성단체에서 공판 전에 두 분 대화를 녹음했잖아요."

"네."

"차미바트 쪽은 아무 말도 녹음되지 않았어요."

"그럴 리가요."

"마치 도화 씨 혼자 말하는 듯 녹음이 되어서요."

나비가 햇살을 받으며 창틀에 앉아 있었다. 도화는 반짝이는 나비를 다정하게 바라보며 대답했다.

"들었어요."

작가의 말

　이 소설이 세상에 나오기까지 많은 분의 도움을 받았습니다. 제일 먼저, 정성스레 법률 자문을 해주신 정인영 기자님, 김단비 변호사님, 이화여대 로스쿨 정세온 님. 이 세 분 덕에 법정 통역사와 재판의 장면에 생생한 힘이 생겼습니다. 2011년 겨울 네팔 카트만두 '더 커피'에 갔던 저에게 쿠마리 사원을 가보라고 해주셨던 이젠 고인이 되신 노마(강호경) 사장님의 친절한 안내를 여전히 기억합니다.
　일러스트 표지를 그려주신 해랑 작가님. 작가님이 그려주신 골목의 빛은 오랫동안 잊지 못할 겁니다. 그리고 추천사를 써주신 《시사IN》 장일호 기자님과 강화길 소설가님, 팬심 가득한 두 분에게 추천사를 받아 무척 영광이었어요. 이어, 이 작품의 영화화는 물론 소설에도 너그럽게 지지를 해주신 ㈜스튜디오몬도의 김광수 대표님. 모니터해주고 응원해준 봉자와 쿠바, 김지희 님, 정해심 님.
　2023년 첫 소설을 보시고 무조건 절 믿고 작품 제안을 해주시고 기다려주셨던 최지인 팀장님과 꼼꼼하고 따뜻하고 재치 있게 원고를 봐주시고 조언해주신 김수현 편집자님, 더불어 래빗홀 모든 임직원 여러분께 진심으로 감사드립니다.

2025년 가을
마포 성산동에서 이소영

추천의 말

우리의 추악한 거짓을 누군가 지켜보고 있다면 어떨까. 어느 신성한 여신이 항상 곁에 서서, 우리가 올바른 방향으로 걸어갈 수 있도록 어루만져준다면 또 어떨까. 있다. 바로 이소영의 《통역사》에 등장하는 제3의 눈동자. 네팔의 여신. 그녀는 강한 의지와 믿음으로 폭력과 음모의 반대편을 응시한다. 놀랍게도 나는 그 눈빛을 상상하다가, 오래전 묻어놓았던 어떤 기억을 떠올렸다. 도화처럼 타협하지 않고, 사랑하는 사람을 지키고, 위험에 빠진 이를 돕는 존재가 되고 싶었던 꿈. 그리고 바로 이해했다. 도화의 그 강인함 때문에 여신이 그녀를 찾아갔다는 것을. 그래, 이 소설은 누군가를 지키는 것이 곧 자신을 지키는 일인 사람의 이야기다. 덕분에 나는 되찾은 시선으로 세상을 바라볼 수 있었다. 이제는 잊었던 언어를 번역하게 될지도 모르겠다. 부디 이 소설이 모두에게 그 교본이 되어주기를.

—강화길(소설가)

좋은 이야기는 삶을 모욕하는 세상에 맞설 용기를 선물한다. 돈의 힘으로 짓밟을 수 없는 생이 있음을 밝혀낸다. 그 안에 깃든 존엄을 헤아린다. 《통역사》는 우리 사회가 누락시키고 있는 말은 무엇인지, 그 말을 어떻게 들을 것인지, 무엇보다 들을 준비가 되었는지 돌아보게 한다. 어떤 소설은 이처럼 '끝'이 없다. 이야기가 내 안에 계속 살면서 질문을 남긴다. 현실에 단단히 발 딛고 선 이야기는 재미까지 놓치지 않는다. 간단치 않은 무거운 주제를 하나의 이야기로 꿰어내는 탁월한 솜씨에 말 그대로 '반했다'. 당신도 읽기 시작하면 멈출 수 없을 것이다.

—장일호(《시사IN》 기자)

통역사
이소영 장편소설

초판 1쇄	2025년 10월 29일
초판 3쇄	2025년 12월 12일
지은이	이소영
발행인	문태진
본부장	서금선
책임편집	김수현　　　래빗홀 최지인 이은지
기획편집팀	한성수 임은선 임선아 허문선 이준환 송은하 김광연 송현경 이예림 원지연
마케팅팀	김동준 이재성 박병국 문무현 김은지 이지현 전지혜 조용환 김화정 천윤정
저작권팀	정선주
디자인팀	김현철 강재준
경영지원팀	노강희 윤현성 정헌준 조샘 이지연 조희연 김기현
강연팀	장진항 조은빛 신유리 김수연 송해인
펴낸곳	㈜인플루엔셜
출판신고	2012년 5월 18일 제300-2012-1043호
주소	(06619) 서울특별시 서초구 서초대로 398 그레이츠 강남 11층
전화	02)720-1034(기획편집)　02)720-1024(마케팅)　02)720-1042(강연섭외)
팩스	02)720-1043
전자우편	books@influential.co.kr
홈페이지	www.influential.co.kr

ⓒ 이소영, 2025

ISBN 979-11-6834-329-0 (03810)

- 이 책은 저작권법에 따라 보호받는 저작물이므로 무단 전재와 무단 복제를 금하며, 이 책 내용의 전부 또는 일부를 이용하려면 반드시 저작권자와 ㈜인플루엔셜의 서면 동의를 받아야 합니다.
- 잘못된 책은 구입처에서 바꿔 드립니다.
- 책값은 뒤표지에 있습니다.
- 래빗홀은 ㈜인플루엔셜의 문학 전문 브랜드입니다.
- 래빗홀은 독자를 환상적인 이야기로 초대합니다. 새로운 이야기가 있으신 분은 연락처와 함께 letter@influential.co.kr로 보내주세요.